紙一重が人生の勝敗を分ける

高度の情報収集力で生き抜け

柘植久慶
Tsuge Hisayoshi

東京堂出版

まえがき

●「なでしこジャパン」の勝利の秘密――勢いとハングリー精神

人生における勝った負けたは、当初の時点で大差がつくことが少ない。大半は紙一重の差でもって、一方は勝利の美酒に酔い、他方は苦汁を舐めることになる。

スポーツの世界レベルでの勝敗もまた、上位同士の戦いとなると僅少差の試合が極めて多い。女子ワールドカップで世界一になった「なでしこジャパン」のケースも然りである。私は大会前にベスト4――最高の出来で銅メダルと考えていた。

少なくともアメリカとドイツには分が悪いから、そこまでと予測したのだ。それが金メダル――しかも二〇試合以上戦って一度も勝てなかったアメリカに勝つという、嬉しい番狂わせにテレビ観戦していて吃驚《びっくり》仰天《ぎょうてん》してしまった。

だがこれを「なでしこジャパン」の実力だと見なし、二〇一二年のロンドン・オリンピック大会での同様な結果を期待したら、それはスポーツの団体競技を知らない大きな間違いと言える。ワールドカップでの決勝トーナメントの三試合は、彼女たちの勢いが流れを生み、運まで引き寄せたと考えるべきだろう。

それにもう一つ――ハングリー精神が存在していたような気がしてならない。彼女たちの年収が一部の例外を除くと、二〇〇万円程度というから生活してゆくのがやっと、という低レベルである。栄養補給が大切なプロスポーツの選手として、体力維持にあの収入で大丈夫なのかと心配になってしまう。

そこで「なでしこジャパン」のメンバーの、より輝きのあるメダルを獲得し世間に認知させたいという執念が、最後のひと頑張りを生んだのだ。決勝の澤穂希選手の同点ゴールなど、練習でも滅多に入らない角度だし、PK戦のゴールキーパーの足での阻止もまた驚異であった。

個々の選手を比較しても、決勝トーナメントで対戦したドイツ、スウェーデン、そしてアメリカのメンバーは、すべて体躯の面で日本を凌いでいた。それを打破するとしたら組織的な動き――フォーメーションやパス回ししかなかった。そうしたあたりをきちんと実践できた結果が、文字どおりの大金星を射とめたのである。

●運と招福

佐々木則夫監督の手腕については、娘のような年齢の選手と距離を置かない、といったスタイルが成功したようだった。ファーストネームで呼ばせるなど友だち感覚の延長線上で接したわけだが、実のところ男の監督が女子選手を指導するのは、極めて難しい点が多い。一例を挙げると特定の選手を集中的に指導したら、「あの人ばかり！」という怨嗟の声が上がったりする。そうした雰囲気を生じさせないためにも、他のコーチたちの目立たない苦労があったと思う。

つまりチーム内の選手をサポートする体制というものは、監督を頂点にピラミッドを形成しており、今回はそれが十二分に機能できたと考えてよい。そして忘れられがちだが、指導者自身の運もある。いつも笑顔でいることにより、「招福」できたと私は見た。

喜ばしい結果の陰で一つ気になったのは、不協和音を示す選手が一人いたことだ。私が監督なら絶対にオリンピックに臨むメンバーから外すが、逆にその妹まで新たに加えてしまっている。これがどう転ぶかがロンドンでの結果を左右するだろう。

ＦＩＦＡランキングの上位は、それこそ紙一重の実力差というのが現状だから、一人の主力選手の不調で勝敗が逆転する。当日の天候が雨か快晴か、それだけでも違ってしまうから大変だと言えよう。

●柘植流大地震対処法

このような嬉しいニュースと対照的な、死者行方不明者を二万近く出した東日本大震災は、震源地から遠く離れた東京にも大きな影響を及ぼした。そこでは以前から危惧されていた大量の帰宅困難者が生じ、また携帯電話が全く用をなさないことも実証されたのである。

交通機関の多くが停止し、帰宅困難者が大量に発生しそうな揺れの直後には、特別の理由がない限り帰宅を急ぐべきではない。タクシーやバスに乗車できたとしても、今度は交通渋滞で二進も三進もゆかなくなる。そこを付近から出た火事が延焼してきたら、とんでもない事態の真っ直中に放りこまれてしまう。

厳冬期や盛夏の徒歩での帰宅は、数キロメートルならともかく、それ以上の距離ともなるとかなり体力がないと厳しい。それに首都直下型地震のときは、道路も歩行が困難となる。さらに衝突した自動車の炎上という危険も考えられる。それらを考慮するなら混乱下においては、単純に帰宅を急ぐことをせず、勤務先や友人知人のいる先で待機、というのが最も賢明な方法ではないだろうか——。

●迷ったら動くな

私はもう四半世紀——二五年以上も前から、勤務先のロッカーに非常用セットを一式、常に準備しておくべきと主張してきた。これは自宅に歩いて帰るに必要とされる、一日分の水と携帯食料をリュックサックに収納し、歩行の助けとなる杖の数を一本加えておく、というものだ。

ところが道路の混雑が想像以上の昨今の状態から、渋滞による排気ガスや落下物の危険などを考え併せると、外出先から大きく動かないのがベターだと思えるようになった。そして可及的速やかに近くの自動販売機で、五〇〇ミリリットル容器の飲料水を数本買い、コンビニで少なくとも一食分の食品を確保しておく、という選択肢も勧めている。

安売りショップで自転車を買う人の行列ができたが、自宅への道程が比較的坂のない、安全と思われる場所に帰る人ならよい。ところが上り坂が多いと体力を消耗する。また危ない地点を通る人には再考を求めたい。首都近辺が震源地ならなおさら、これは問題外だ。

私は昔から家族の者たちに、「迷ったら動くな」と言ってきた。それは本人が疑心暗鬼の状態で行動したら、良好な結果を得られる可能性などなきに等しいからである。迷いとか状況が不明なときは、さらにもう少し時間をかけて様子を窺い、よしとなって初めて動くべしという考え方に立脚した。これは常ならざる状況下すなわち異状事態の下において、戦場や災害時でとるべき行動の鉄則と言えよう。

●紙一重の差の生存術

どちらを選択するにしても、そのとき考えねばならない事柄は、自分の置かれているのがどのような条件下か、素早く頭に巡らすことだ。海岸に近いか崖の下か、この建物の強度は果たして大丈夫か、二次災害に巻きこまれないか。考えるべきことはどこにいても存在する。
最初の段階での衝撃――ファースト・ストライクから生き残っても、東日本大震災のような津波という次の脅威がある。その危険性が高い場所ではどう瞬時に判断すべきか、一度二度とシミュレーションを重ね、頭のなかに回路を設けておくこともまた、重要な生存術なのである。

人間の頭脳はいったん回路を設定しておけば、咄嗟の場合に必ず反応できるのだ。繰りかえし反復していれば、頭だけでなく肉体も突発事態に反応できる。反応すれば紙一重の差で生と死に分かれるとき、生の側に立てる可能性が限りなく大きくなる。確率の勝負だということを忘れないで欲しい。

●情報と知恵の戦場

さて私が本書で「紙一重が人生の勝敗を分ける」というタイトルの下に書きたいのは、皆さんにより確実に勝者の側に立って欲しいからである。歴史上の多くの出来事、そしてスポーツの試合などは、すべて多少の例外を除くと、重ねて言うが僅少の差しか生じていない。大差が生じている例はどれも、相手が途中で戦い続けるのを断念し、緊張の糸が切れてしまったことが多い。

とりわけビジネスや戦いにおいて、鍵となるのがサブタイトルの「高度の情報収集力で生き抜け」だ。ここで言う情報――インテリジェンスとは、そのままの「情報」ともう一つの意味の「知恵」のことである。

有史以来、戦いは常にこれら二つの要素が重要なウエイトを占めてきた。相手より高度な情報収集力で優位に立ち、知恵でこれを活用することにより、戦いの勝者となる寸法だと考えてよい。

紀元前四世紀のアレクサンドロス大王の東方遠征、そして紀元前一世紀のユリウス・カエサルのガリアやゲルマニアでの勝利は、ギリシアやローマ世界の民度の高さが勝因となった。二人とその軍隊は少ない兵力で、とてつもなく大きな兵力を有する辺境の部族を、「情報」と「知恵」を駆使して全く寄せつけず、かくして名将たちは勝利者として名を残した。

●日露戦争の勝利

そうした例は単に古代の戦争だけでなく、わずか一世紀そこら以前にも見出せた。その代表的なものが一九〇四年から〇五年の日露戦争である。すなわち兵クラスの識字率一〇〇パーセントの日本軍が、同じクラスで五〇パーセント以下のロシア軍に対し、終始にわたり優位に戦いを展開した結果、最終的な勝利を収めてしまった。

幕府と一緒に戦い箱館まで同行したジュール・ブリュネ大尉（第19区）。

開戦前の双方の国家規模は、税収から軍隊など多くの面で、およそ一〇倍の差が存在していた。欧米の軍事専門家や識者たちは、日本が勝てるわけがないと予測するなか、政府自体はロシアを支持するフランスとドイツの二人の将軍が、日本の勝利を断言した。

幕末に徳川幕府の軍事顧問団の一員だったジュール・ブリュネ中将と、明治一〇年代後半に日本の陸軍大学校で教えたクレメンス・メッケル少将である。二人は揃って日本人の教育レベルの高さ、それに民族性が、ロシア人の比でないことをその理由にしていた。そして彼らの見通しは的中したのだ。

インテリジェンスという語の有する「情報」と「知恵」の意味を、それぞれ独立した存在と考えてみると、その重要性はいよいよ際立ってくるだろう。いかに高い価値を持つ情報であろうとも、それを理解分析する知恵がなければ、全く無用のものとなってしまう。

逆にいかに優れた知恵の持ち主であっても、情報をシャットアウトされていたら、まず手も足も出ないまま終わる。つまりこれらは併立しているのである。

それには第二次世界大戦での日本の敗因を考えると、そうした一端が随所に垣間見えてくる。中国大陸では泥沼の戦いでありながら、ほとんどの戦闘で勝利を収め広大な地域を占領していた。これは近代化に遅れた二流三流の軍隊――国民政府軍やそれより劣る中共軍と戦っていたためだ。

●近視眼的な情報操作

ところが一九三九年のノモンハン事件のように、日本軍より近代化の進んでいるソ連軍との戦闘になると、たちどころに苦戦を強いられた。第一線の将兵の奮闘で辛うじて引き分けに持ちこんだが、一部では完敗してしまっており、危険な兆候を露呈したのであった。

それではそうしたソ連軍の近代化の情報は、参謀本部にとって寝耳に水に等しかったのだろうか？

否である。モスクワに駐屯する武官は、メーデーのとき赤の広場をパレードする、ソ連軍戦車や自動車化歩兵の質と量に驚き、東京へ詳細な報告を届けていた。だが本来なら大手柄であるはずの報告者は、帰国させられ退役に追いこまれてしまったのである。

世界の趨勢に目を閉じるような状態は、多くの分野において目立ってゆく。歩兵銃の自動銃化計画も進められていたが、消耗弾薬の量があまりに多大なことで計画案そのものが葬り去られた。軍全体の弾薬備蓄量を、わずか二日で空にしてしまうためだった。軍の中枢には産業を育成し生産量を増加させるとの発想が、はっきり欠如していたのだ。

モスクワで披露されていた歩兵の自動車化は、ノモンハンではっきりその威力を見せつけられた。ソ連軍は最寄りの鉄道線路から八〇〇キロメートル離れた戦場へ、わずか二日間で増援部隊の運搬を終えて、日本軍を劣勢に追いこんでいった。駐在武官からの情報をしっかり分析しなかったツケであった。

モスクワはそれに対して、東京のソ連スパイ——リヒャルト・ゾルゲからの情報を、十二分に活用していたから差は大きかった。彼はドイツ国籍だったことから、ドイツ第三帝国の情報をドイツ大使から得ていたのである。

●こんなリーダーに生死を預けてよいのか

ノモンハンについては、日本の陣営で作戦立案に当たった、服部卓四郎中佐と辻政信少佐は、日本陸軍の頭脳と言われた。ところが彼らの思考回路について、ソ連軍を指揮したゲオルギイ・ジューコフ中将は、

「作戦は硬直した何ら発展性のないもの」

と、そのように酷評し片づけている。

彼は同時に日本軍の歩兵や操縦士の強さを激賞しているから、信頼に足るものだと考えてよい。それほどお粗末な作戦を立案した二人だが、責任を追及されることもなく間もなく昇進した。辻はその後にガダルカナル作戦などにもかかわり、さらに多くの日本軍将兵を死地にと赴かせた。

つまり情報を握り潰したり正当な評価をできず、柔軟性を有した知恵に欠ける者が、「作戦の神様」と呼ばれたのだから、どう考えても勝てるわけがなかった。学業成績だけ抜群な人間に「知恵」が欠如していたのだから、昭和の日本陸軍の大きな皮肉だと言えるだろう。

これは戦争だけではない。あらゆる方面における戦いに共通した事柄だ。生存競争にかかわる「個」の戦いから、会社など組織による「集団」の戦いまで、すべてに通用するものと断言

してよい。

いつの時代にも戦いには、インテリジェンス——すなわち情報と知恵が重大な要素を占めてくる。その活用が上手であるなら、二〇〇年の官渡の戦いで曹操が、一〇倍の袁紹軍を大敗させたように、兵力差まで克服してしまうためである。

そこで生ずる紙一重の差により、一方は勝者として繁栄を手にし、他方は敗者として葬り去られて終わる。敗者の轍を踏まないためにも、古今の戦史や歴史上の出来事からの教訓を学びたい。それもまた有力な生存術だと断言できる。

〔目　次〕

第2部　知恵

本文写真＝柘植久慶コレクション

第1部　情報

1、的確な情報を握った者が今も昔も勝者に

●二〇〇年前も情報戦

一八世紀後期にフランクフルトを拠点とする一人のユダヤ人商人――マイヤー・アムシェル・ロートシルト（一七四三―一八一二）は、両替商として頭角を現しヘッセン選帝侯の御用商人となった。長男の父と同名のロートシルトはフランクフルト、次男のソロモンはウィーン、三男のネーザン・ロスチャイルド（ロートシルトの英語読み）はロンドン、四男のカールはナポリに、五男のヤコブはパリに、それぞれ支店を開設し事業を拡大してゆく。

ナポレオンがヨーロッパを席巻していたとき、一人フランスの版図の外にいたネーザン・ロスチャイルドは、出撃するイギリス軍の最終決戦の結果を、誰よりも早く知る算段を整えていたのである。そしてワーテルロー会戦でのフランス軍敗退の確報を、伝書鳩の通信により知った。

ロンドンの市場は昼頃までの戦況――ナポレオン優勢の情報に、すべて売り気配が強く支配していた。ネーザンも売りの側に立って下落の動きに乗ると見せ、中途から一転買いにと転じる。やがてナポレオンの没落の報が入ったとき、ロンドン市場はすべて買い一色へと移り、彼は売り続け巨大な利益を手にしていたのだ。

この出来事はロスチャイルド――ロートシルト家全体にとっても、金融資本の雄となる大きな転機となった。ロンドンでの大きな資金を保有したことと同時に、フランクフルト、ナポリ、そしてパリが、ナポレオンの影響下から脱したためである。

私はこれを少し脚色したやり方で、仇敵を破滅に追いやるというストーリーを、アレクサンドル・デュマの『巌窟王』で読んでいた。主人公が情報伝達の係の一人を大金で買収、全く逆の結果を送らせてしまう、という話であった。いずれにせよ情報は莫大な利益に直結するのに、大いに驚いたものである。

そんな話を母親にしたところ、私の祖母に当たる人の出身地の岡山では、明治初年まで大阪の米相場の状況を、山伝いに旗信号で送っていたという。二里――八キロメートル以上は見渡せないから、人の配置だけでも大変だっただろうと思った。

これらのやり方は既に資金力を有した人間ならではの、より大きな利益を追求するための手段だと言える。人員を配備しておくことだけでも相当の出費を要するし、相場を支配する投下資金もまた巨大でなければ意味がないためだ。

しかしながら二〇〇〇年も以前から、このような情報戦が行われていたことは、現代に生きる私たちも他山の石とすべきだろう。何よりもここで驚かされることは、情報の入手に多大の価値を見出し、多額の投資をしている点である。

●迫害と異端を生き抜く情報戦

ユダヤ人は第二次世界大戦後、パレスチナの地に「イスラエル」が建国されるまで、紀元七四年から一九〇〇年近く国家を持つことがなかった。そしてユダヤ民族は流浪の民として、全世界に散っていった。

それより一九世紀にわたって、彼らは迫害と異端の視線のなかで生き続け、拝金主義者と言われようが異民族のあいだで地位を占めてゆく。彼らにとって情報こそが生命線であり、各地に点在する一族と連絡を密に、ここ一番では協力し合い財産を築いたのだった。

一族が同じ国家において基盤を有していると、もし国家の方針がユダヤ人排斥にと向かった場合、たちどころに彼らは全財産を喪失してしまう。そこでマイヤー・アムシェル・ロートシルトのように、長男だけフランクフルトに残し、その弟たちをウイーン、ロンドン、ナポリ、そしてパリにと分散しておいた。

このやり方はリスクの分散であると同時に、多角的な情報入手のネットワークだと言える。A国ではその国の語れない事柄が、B国だと日常に噂されていることが少なくない。知らないのはA国民だけというわけだ。そこでB国にいる一族の者が、A国にいる一族の者へ情報を伝えられれば、ビジネス・チャンスになる可能性を有する。また危険な事態を他に先駆けて察知できる、というメリットも生じてくる。

あるいはC国でありふれた鉱物資源、または美術工芸品が、D国で不足したり大人気を博している、ということも起こりうる。そうした情報を誰よりも先に入手していれば、先手を打って買い占めるのも不可能でない。

このようなやり方でもって、ロートシルト家は一九世紀中期までに、ヨーロッパに巨大な情報ネットワークを築いてゆく。相乗効果がさらなる相乗効果を生んだのだから、大富豪に成長しない方がおかしかった。

●アジアのユダヤ人華僑――その危機管理

それとそっくり同じスタイルで、情報網を築いてきているのが中国人の華僑である。彼らは一七世紀頃から生じた中国大陸南部での爆発的人口増加、それに政情不安からの移民に始まった。東南アジア各地に移り住んだ華僑たちは、現地人より賢く勤勉なことから、たちどころに現地経済を支配する。このためマニラ、サイゴン（チョロン）で大量虐殺された。あるいはジャカルタやマレーシア各地でも、二〇世紀後半ですら迫害事件が発生した。

そうした第一世代の華僑以外にも、一九四九年以降に中国共産党が大陸を支配すると、資産家たちが大量に香港などへ脱出、財力にものを言わせて経済界へ進出してゆく。彼らは台湾や日本をも活動範囲とし、「アジアのユダヤ人」と呼ばれるようになった。

ユダヤ人と華僑との共通点は、ロートシルト家のように各地に分散し、国境を越えた情報網を構築することで、株式市場や商品市場における主導権を握っていったあたりだ。ある品物の不足国と余剰国のあいだで、電話一本のやりとりでもって莫大な利益を得てゆくのである。

一人の華僑の男は東京に陣取り、兄弟が台北、香港、サイゴン、シンガポールにいた。またラオスの首都ビエンチャンで知り合った華僑は、福建省に生まれ一九五〇年に大陸を脱出、ハノイに移るが五四年の共産化でビエンチャンに移った。けれど七五年のラオスの共産化でバンコクの息子を頼り、二〇〇〇年代に入ってそこで人生を終えた。つまり家族構成が政情の変化に対応できるよう、きちんと設計されていたのだ。

後者の例をラオスの田舎華僑だと思っていると、いささか実力の程が違う。私が夕食に招待されたとき、政府の要人を呼ぶというので、親しいサナニコン国防相一家を指定したら、ちゃんとその席に夫妻と二人の子が現れたから、内心驚きを覚えたものであった。

●なぜ光秀が天下をとれなかったのか?

情報が一国の運命を決するという意味では、やはり軍事がその最重要ポイントと断言できる。だから優れた軍事指導者は、情報を決してないがしろにしていない。

むしろ多額の費用をこの方面に投じ、敵あるいは仮想敵より一歩でも二歩でも、有利な地歩を占めようと心がけたのである。戦国時代の名将——武田信玄は、自ら直轄の忍者集団を諸国に派遣し、その報告を厠で聞いたと言われる。

もちろんその宿敵の上杉謙信も、武田のみならず織田信長の動向に注意し、素っ破集団を京や尾張に派遣していた。彼の死後は近くにいた直江兼続が、こうした集団を統轄したと考えられる。

信長は上杉を当面の敵としていたことから、兼続は相手の動向に最大の関心を置いてきた。このため本能寺における信長の遭難を、二日後にはもう知っていたのだ。情報の収集能力と同時に、その伝達速度もまた注目されてよい。

情報が旧聞になってしまったら、もう価値など全くない。明智光秀の密使が羽柴秀吉の手に落ち、本能寺の変を毛利元就が知ったのは、和議が結ばれた以後のことになる。密使が羽柴勢の警戒網をかい潜っていたり、光秀が密使をより多く派遣していたら、紙一重の差で秀吉は身動きがとれなくなっていたのであった。

私は伝令を派遣する場合、一人だと確実に先方へ到着できる可能性を、三三パーセントだと踏んでいた。このため三人を別途に送り出すことを、こうしたケースでの基本としてきた。もちろん戦場——敵性地域や競合地域においてという前提条件である。

もし私が明智光秀の立場なら、迷うことなく五人を派遣していただろう。毛利陣営に五人とも首尾よくたどり着いても、元就はそのことを決して笑わない。むしろ用心深さについて、同盟者として信頼を強く寄せてくる、と考えられるのだ。

●情報は届かないもの

一八一五年のワーテルロー会戦は、ロンドンのロスチャイルドを一躍大富豪とさせたのは前述のとおりだが、ナポレオンには勝てるチャンスが数多く見られた。そのなかでフランス軍の参謀総長――ニコラ・スルト元帥の失敗が特筆される。

ナポレオンは前日、敗走したプロイセン軍追尾のため、エマヌエル・ド＝グルーシー元帥に三万五〇〇〇の兵力を託した。会戦の火蓋が切られたとき、皇帝は兵力不足になるのを危惧、別働隊の呼び戻しを命じている。このときスルトはなんと伝令を一人、派遣しただけだった。

これを知ったナポレオンは、

「ベルティエ（前任の参謀総長）なら一〇〇人派遣しただろうに――」

と、あまりの不手際に溜息をついた。

情報の伝達は収集と同様、極めて困難を伴う。広大な山野のなか索敵している部隊を、いかに三万五〇〇〇の大兵力とはいえ、たった一人で探させる方がおかしいのである。

前述の明智光秀のケースと、このスルト元帥のケースは、興味深いことに一脈相通ずるものを見出せる。すなわち二人とも「情報は届くもの」という前提で、派遣計画を組み立てているのだ。

戦場において行動する場合、私は常に「情報は届かぬもの」という考えで出発した。そのため一見過剰に思えるほど、多くの伝令を出したのであった。

兵力にいささか余裕があれば、二人一組でバディを組ませた。一組だけのときは二人で行かせた。このとき二人の脚力に大きな差があると、一方が他方の足を引っ張るため、絶対に避けねばならない。そうした配慮をした上で送り出した。

情報はあくまで先方に届いて「ナンボ」というわけである。情報というものは届いて活かされなければ、地上に置かれた飛べない飛行機と同然と言えるだろう。

●明治政府の情報将校

戦国時代に情報を重視する武将が多かった日本だが、徳川二六〇年の平和がそれを忘れさせた。しかしながら長州藩の支藩——徳山藩の下級武士出身の、児玉源太郎という英才が甦らせ、明治政府で情報網を整備完成させてゆく。

このとき英・仏・独・露、それに北京官話を喋る、通訳官上がりの福島安正という恰好の人材がいたのである。仮想敵のロシアに対する警戒心も十分で、シベリアの冬季単独横断という快挙もやってのけていた。

この福島は天性の諜報機関員——情報将校であり、明治一五（一八八二）年に北京へ二度目に入ると、清国陸軍参謀本部の上尉（大尉）と親しくなり、巧みに軍隊の実態調査報告書を纏め上げさせた。目の前の功績だけしか関心のないその上尉は、軍事機密をすんなり彼に渡してしまったのだ。

福島はこの『清国兵制類集』だけでなく、中国古来の民族の習慣、さらに歴史的考察を加えた『四聲聯珠』、あるいは『隣邦兵備略』などを、上司の参謀本部長——山県有朋に届けた。この出来栄えのほどに流石の山県も、ただただ驚嘆するしかなかった。

一連の中国大陸における福島の活動は、自分が単独で行動するだけでなく、各地に駐在している若手の将校たちを駆使した。彼らから情報を提供させ、彼自身が纏め上げたのである。その協力者たちのなかに、のち北京籠城戦で名を知られる柴五郎中尉（当時）、あるいは袁世凱の軍事顧問となる青木宣純少尉、といった名が見出せた。

つまりシベリア横断のような単騎調査を除いては、諜報活動は手足が絶対に必要となってくる。そのあたりを福島は着目し、若手将校や陸大退学者などを配下に置いて、中国大陸狭しと情報収集に従事させたのだ。

明治二〇（一八八七）年にドイツ勤務を命じられると、早くも翌年にはロシアのシベリア鉄道建設計画を探り出した。現実のものとして知られ始めるのが三年後だから、福島の能力の高さに驚かされる。このときシベリア偵察旅行を思いついたようであった。

厳冬期の単騎シベリア横断は、明治二五年から二六年にかけ実施され、欧米の新聞のヘッドラインを飾った。彼は四八八日にわたる一万四〇〇〇キロメートルに及ぶ旅をなしとげ、多くの貴重な情報をもたらした。

福島の情報活動は、以後も活発に続けられ、バルカンや中央アジア、はたまたスエズ運河にと及ぶ。終始にわたりイギリスの情報部と密接にかかわりを持ってゆく。すべて仮想敵のロシアとの対決を睨んでのことだった。

歴代の参謀本部次長――川上操六、田村恰与造《いよぞう》、そして児玉源太郎は、福島と同様に情報活動を重視してくれた。彼らの全面的な支援の下に、福島は考えどおりに行動できた。

ロシアとの開戦前夜、児玉は彼と二人で最終段階の検討に入り、これまで収集してきた情報の分析に没頭する。その結果として彼らの出した結論は、緒戦での勝利が戦時外債募集のため不可欠で、次いで長期にわたる継戦能力がないことで早期の講和、という二点であった。またシベリア鉄道が完全に整備されない以前に、開戦すべしという点でも意見が一致した。

●日露戦争の情報戦

明治三七（一九〇四）年に日露戦争が勃発すると、福島は参謀本部情報部長として、世界各国に築いた情報網――とりわけロシア周辺と中国大陸の要員たちに、総力での情報収集を指示した。とりわけサンクトペテルブルクの明石元二郎大佐には、ヨーロッパ駐在での活動を命じ、ロシアの反政府メンバーと接触させ、革命運動や独立運動を使嗾《しそう》したのである。

敵対的中立国のドイツへも児玉と福島の働きかけは続き、ついにドイツ皇帝一族のカール・アントン親王が、沙河の日本軍戦線を訪れるまでに漕ぎつけた。もちろん二人が出迎えたのは言うまでもない。親王はこの歓迎に大いに喜び、やがて明治三八年三月の奉天陥落時には、ドイツ皇帝が明治天皇に祝電を打ってきた。皇帝はまた親戚のロシア皇帝に対して、早く停戦に応じないと帝国の存亡にかかわる、という警告の親書を送った。

やがて日露講和が合意に達し、児玉の参謀総長就任が決まる。新しい参謀総長は当然のように、参謀本部次長の要職へ中将に昇進した福島を据えた。二人のコンビによる世界の戦略情報の収集が、平時の参謀本部の任務という方向性が示されたのだった。

しかしながらそれから三ヶ月後、児玉の急死

日露戦勝直後の集合写真。前から２列目右端が福島安正少将、その左が児玉源太郎大将。

によりすべてが烏有に帰す。新しい参謀総長――奥保鞏大将（のち元帥府に列せられる）は情報活動の重要性が理解できず、福島は六年の参謀次長の期間に、ついに独自の方向を確立することなく終わった。かくしてその流れは情報軽視の昭和の日本陸軍にと進んでいったのであった。

もし昭和の日本陸軍に冷静な情報の判断能力があれば、装備の近代化の面で後れをとることもなく、中国大陸での戦いにも別の結論を見出したであろう。明治の資産を食い潰してしまったのだ。

●健全な判断ができるか

第二次世界大戦のドイツの情報将校――ラインハルト・ゲーレンは、軍司令部の情報将校でしかなかった。けれどその情報の確実なことで、次第に名を全軍に知られるようになる。

軍司令官の名はハインツ・グデーリアン上級大将で、一九三九年のポーランド、そして四〇年のフランスにおいて勇名を轟かせた。またドイツ機甲部隊の父として、あまりにも有名である。

グデーリアンは自分の軍の情報部に、ゲーレン中佐を擁していた。その力量が最も発揮されたのは、一九四一年の独ソ戦においてであり、ソ連軍の情報をほとんど正確に把握していたのであった。

ドイツ諜報機関の基礎を築いたラインハルト・ゲーレン中佐。

それは国防軍最高統帥部——ＯＫＷの諜報網を遙かに凌ぎ、その年のソ連軍の冬期攻勢をピタリと的中させた。確度の高さにＯＫＷ上層部は言葉を喪ったと言われる。

東部戦線でのＯＫＷは不手際が多く、補給物資がワルシャワで滞貨するなど問題が発生した。このためグデーリアンはヒトラー総統に直訴したところ、巧みに言い逃れる補給担当高官のため、逆に軍司令官を更迭されてしまう始末だった。

ゲーレンはグデーリアンが去ったのち、その組織〈蝶〉——デア・シュメタリングをさらに強化、対ソ連諜報活動を続ける。その情報の正確さは変わらず、四二年末にスターリングラードのソ連軍の冬期攻勢の予測をまたしても的中させた。

だがヒトラーとＯＫＷは、ゲーレンの得てくる情報をさして重視せず、そのたびに敗北を繰りかえしてゆく。もし彼の情報に信頼を置き効果的な対策を打っていたら、東部戦線の様相はもう少し違っていたであろう。

一年半の空白期間の後、グデーリアンは機甲部隊総監として軍務に復帰した。ノルマンディー直後の一九四四年七月には、ついに参謀総長まで兼務することとなる。彼は自身の諜報部長にゲーレン少将を擁し、ソ連軍についての情報を最も正確に有していた。このため戦線の縮小――バルト三国、バルカン、ノルウェー、イタリアなどからの戦略的撤退を提案、ドイツ固有の領土を死守せんと構想を抱く。

だが、ヒトラーはそれを拒絶してしまう。緊急課題の東部戦線への機甲部隊の集中も、全くやろうとしなかった。最後にはゲーレンが無能だと決めつけた。

ソ連軍がドイツ本土に迫った三月二八日の会議で、ついにグデーリアンはヒトラーと真っ向から衝突、このとき参謀総長を解任されてしまった。アメリカのノンフィクション作家――コーネリアス・ライアンは、その著書『ザ・ラスト・バトル』のなかで、

「機甲戦術の改革者、ヒトラーの最後の名将は去った。彼と共にドイツ軍最高司令部における健全な判断の名残りは消えた」

と、はっきり指摘しているのである。

ゲーレンの一連の情報活動を否定されたとき、グデーリアンはすべてが終わった、と判断したに違いない。無能なのはベルリンの総統官邸の地下室に立て籠もる、国防軍最高統帥部――OKWのメンバーだからだった。

大戦後一〇年が経過した一九五五年に、ゲーレンはドイツ連邦共和国――西ドイツから、対共産圏諜報網の組織を委ねられた。彼はその豊富な経験を活かして活躍、二〇年以上にわたって冷戦下の情報戦を戦い抜く。ここでも彼の能力は抜群であった。

第二次世界大戦中のゲーレンの活躍は、情報とは受け取った者たちの能力によって、ダイヤモンドにも石ころにもなることを、はっきり実証してしまっている。ヒトラーとOKW上層部の将帥たちには、後者としか見えなかったあたりに、ドイツ国防軍《ヴェアマハト》の悲劇が見出せた。

情報の収集と同時に「伝達」もまた極めて重要である。そしてその手段次第では、敵の陣営を大混乱に陥れることが可能となる。それが成功した最たる例は、一八七〇年九月のパリだった。この地にいたプロイセン軍のスパイは、セダンでフランス軍の降服——ナポレオン3世投降の情報を、段階を踏んで市内に流した。すなわち最初はフランス軍大勝で歓喜させ、一日を隔て真実を伝えることで、多数のパリ市民を脳震盪状態に追いこみ、帝政を崩壊させたのであった。

2、優先順位の決定こそ勝負の分岐点

●事前の優先順位の準備

優先順位――プライオリティの決定は、情報を入手した時点である程度、価値判断をしておかねばならない。その場に臨んでからではもう遅いからだ。

一口で「優先順位」と言うが、どれもが重要性を帯びた二つないしは三つの事柄が同時にやってくると、決定を下すのは容易でない。それによってある箇所を犠牲にする、という事態を生じるためだからである。

A方面から敵が接近という情報がまず入ったとしよう。それをいかに効果的に迎撃するかを考える。遭遇予想の時期がこのとき、最も重要となる。迎撃地点がA地点かB地点か、異なってくるためだ。

そうして準備を進めているときに、突如としてB方面からも敵が接近中、との情報が入ると

迎撃側は大混乱に陥る。限りある兵力でどう阻止するか、との問題に直面してしまう。

そんなものは兵力を二分し、最初に愁眉を開いた方が他方の救援に向かえばよい、と簡単に言う者がある。けれど物事はそれほど簡単には進まない。逆に一方が突破されて敵に重要拠点を奪われる、という事態を招きかねないから始末が悪い。

そこで重要になってくるのは、味方の情報網からの情報の的確さであろう。敵味方の競合地点――あるいは味方の支配地域に到達するのが、それぞれどの時期かという一点に集中される。

敵は当然、ほぼ同じタイミングで進撃してくるはずだ。陽動作戦だとしても、陽動組が少し早目に出撃し、主力組がやや遅れる、といった程度と考えてよい。

そこでAからBへの移動が容易か、BからAの方が容易か、地理的条件――地形などを考慮する。このとき前者が下り勾配といった点が見出せれば、A方面ではより敵に近いAA地点に、四分の三の兵力を割いて迎撃という作戦計画を決定してゆく。B方面ではBB地点――より味方の拠点に近いところで迎撃し、こちらは専ら防衛戦すなわち時間稼ぎに終始した戦いを展開するわけである。

このとき敵兵力や現在の進出地点といった情報が不正確だと、すべての作戦計画が狂って不利な戦いを強いられてしまう。それどころか撃破されて重要拠点の失陥、という結果を招くことすら起こりうる。

陽動部隊がどちらか早い段階で判断できれば、そちらへ五分の一しか派遣せず、主力に五分の四をぶつけることすら考える。何故なら主力部隊と違って陽動部隊は、徹底的に戦う意識が希薄だからだ。

●情報分析の間違いの生む悲劇

情報の分析を間違えると、とんでもない悲劇を生むことになる。一九四四年の連合軍によるドレスデン爆撃は、早い段階でドイツ空軍に情報が伝えられていた。

捕捉された連合軍爆撃機隊の飛行経路から、ドイツ空軍はその夜間爆撃の目標を、ドイツ西部――フランクフルトに近いマンハイムだと予測、そこに迎撃戦闘機を集結させた。ところが何としたことか、連合軍爆撃隊は途中から針路を変え、ベルリンの南――ドレスデンへ向かったのである。

ドイツ空軍の戦闘機はどれもこれも航空距離が短く、いったんマンハイム上空に集結してしまうと、直線距離で四〇〇キロメートルを隔てる、ドレスデンでの作戦行動など無理だった。かくして爆撃は計画どおりに進み、ザクセン王国の首都であった古都は灰燼に帰したのだ。

このときの犠牲者は一〇万近くに及び、第二次世界大戦中にドイツの受けた爆撃の人的被害として、ハンブルク空襲に並ぶ悲劇的なものとなった。これは広島の原爆犠牲者に匹敵する数字だから、いかに通常爆撃として規模が大きかったかわかるだろう。

ドイツ空軍としては早過ぎる情報分析がどこで行われたのか、責任問題を曖昧にするため明らかになっていない。いずれにせよフランクフルトの南へ集結させたら、目標地点の推測が外れたら最後、どのような結果になるか考えていなかったのだろうか?

これはもしかするとドイツ側の防衛したい都市の優先順位に、マンハイムが置かれていたのかもしれない。そのためマンハイムが狙われていると早く決定が下され、迎撃戦闘機が集中されれた、というなら理解に難くないのである。

●二等兵から女王の侍従武官に

偵察による情報とそれに次ぐ実戦部隊指導官の目視——これによる優先順位の決定の最たる成功例は、一八九七年のオムドゥールマンの戦闘だと言える。これは一連のスーダンでのイスラム原理主義者による叛乱で、イギリス軍とその訓練に当たったスーダン人部隊の連合した戦いであった。

第2スーダン人旅団(およそ五〇〇〇人規模)を率いるヘクター・マクドナルド中佐は、スーダンの首都ハルトゥームのナイル河を挟んだ北側——オムドゥールマンで布陣させた。このとき斥候からの情報が入り、北と西の二方向からイスラム原理主義者の集団——ダルウィーシュが接近中、という事態を知る。

このとき中佐は敵の総兵力が五万で、味方はその一〇分の一足らずということから、各個撃破に入るしかないと判断した。問題はどちらを先に迎撃するか、という一点に絞られてくる。そこへ再び斥候が戻って、南からの指導者カリファ（後継者の意味）率いる黒い軍旗の大きい方の集団が、先に接近することを伝えた。

マクドナルドは迷うことなく、陣形を南からのものにと整え北へは一部分だけを備えとして置いた。もちろん北からの緑の軍旗のダルウィーシュ部隊も、刻一刻と砂塵がはっきり認められるようになる。

やがて中佐の攻撃命令が下り、砲撃と銃撃が開始された。黒い軍旗の大軍は、たちまち集中攻撃を浴びて死傷者が続出、第2スーダン人旅団への接近が不可能となった。混乱状態が生じたところにさらに攻撃が加えられ、二人に一人以上の割で死傷を生じたのである。

二等兵から将軍――ヴィクトリア女王の侍従武官となったヘクター・マクドナルド少将。

練度が高いと思われていなかったスーダン人部隊は、マクドナルドの優れた指導によって精強部隊となっており、冷静に訓練どおりの戦いを展開していったのだ。

そしてさらに驚くべきことは、敵の前進が停止した段階で、今度は敵前で部隊の正面を北に転じ、緑の軍旗の敵部隊と対した。南へは一部の兵力を残したままで、すぐさま斉射を再開したのだから従軍記者たちが驚く。

一般的にイギリス人の従軍記者たちは、植民地の現地人兵たちを低く見ていた。ところがマクドナルドは高い水準の訓練により、イギリス人部隊ですら困難を伴う敵前転回——陣形変更をやってのけたのであった。また状況判断が正確であり、優先順位を誤りなく決定、迷うことなく一方に大損害を与えてから、他方の攻撃に移った手順も賞讃された。敵に与えた損害は死傷二万六〇〇〇だった。「ファイティング・マック」の愛称は、イギリスの新聞紙上のヘッドラインを飾ったのである。

最前線での指揮官としてのマクドナルド中佐は、部隊に施してきた訓練、斥候のもたらす情報の把握度合、そして目視による状況の判断と、すべての面で卓越していた。旅団規模の兵力は通常の場合、少将が率いることになる。ところが植民地の現地人兵部隊は、中佐クラスが指揮能力を磨くため、派遣されているケースが多い。

このような卓越した勲功を立てた中佐はすぐに大佐へ昇進した上で、一年を経ず少将になりヴィクトリア女王の侍従武官に任命された。これはとくに女王からの要望だったと伝えられる。かくして貴族社会のイギリス軍に前例のない、二等兵から叩き上げの侍従武官の誕生となったのだ。

●柘植流優先順位仕事術

一般の日常業務においても、優先順位の決定は重要な事項の一つである。さして多忙でない時期ならともかく、期末や年末という忙繁期、あるいは重大な課題を抱えているとき、別の仕事が割りこむと只事ではない。

情報部門――市場調査なら、同時進行で情報や資料の収集を進めればよい。ファイルを分けてモルグ――死体置場を設け、そこに入手した情報を片端から突っこんでおき、頃合を見計らって分析に入れば問題なかった。新聞雑誌の切り抜きを入れておくファイルを、私は「モルグ」と呼んでいたのだ。

そうしておいてある程度、報告書ができると判断したとき、フィールドワークに入ってゆき、纏め上げる最終段階へと進んでいった。だから幾つかの仕事が重複しても全く問題ない。

企画立案で似たようなデッドライン――締切りの仕事が重なると、これはいささか面倒になってくる。資料収集だけでなく幾つかの事項を繋ぎ合わせる一種のクリエート――つまり頭のなかでの創造が、かなりのウエートを占めるためである。

この場合は複数の異なる企画立案が重複した方が、かえって気分転換をもたらす。何時から何時まではAを、そしてそれ以後はBとラフに決めておき、全く新たにスタートラインに立つようにする。

面白いことにBの時間に、Aに関係する事柄を考えついたり、またその逆も起こる。こうしたときはすぐ思い浮かんだ点をメモして、同時に全体をスイッチしてしまうのもよい。意外とそれが糸口になる場合も少なくないのだ。

アイデアが出てこない状態――いわゆるデッドロックに陥ったら、迷路に突き当たったのと同様に考え、速やかに気分転換に入ってしまうのがよい。そのまま思考を継続しても、まあ新しい名案など出てくるわけがないためである。

私は企画立案という仕事の場合、集中できる時間は一時間から二時間――本当の集中は実のところ一五分前後が限度と考えてきた。そのため頻繁に気分転換を繰りかえす。またときおり深呼吸して、脳に新鮮な酸素を供給するのも重要だと言える。とりわけ場所は重要だから、日常となるべく変えることにより、新しい発想を導き出そうとした。

現在も企画立案が必要な点はその時代と変わらないが、一つ場所で考えるのは大体一五分程度だ。一枚のA4の用紙――たいがいFAXを受信したものの裏面に、乱雑に思いついたことをメモしてゆく。それが何日分かが貯まり数枚になったとき、いったん整理して浄書する。

そこを基点にして、次に考察を加えるとき、空白部分にまたメモを加える。原文が青なら二度目は赤、三度目は緑、四度目は黒といった具合に色を変え、後刻目を通したとき何度目に思いついたか一目瞭然にしておく。

最新の情報が入ったときは、また別の筆記具を用いて記入するのが常である。そのときに印象が強く目新しい事項も、少し時間が経過すると陳腐化してしまう、ということはよく発生しがちだからだ。このため旧聞に属するもののあいだに、ややもすると埋没してしまいがちなので、はっきりした差別化を心がける。

私が他に心がけていることは、旅行や興味を有したテーマについて、常に一冊専用のノートを作成し始めるという点だろう。旅行から始まりそこに必要事項を書き加え、機会があるごとに充実させてゆく。

自分の必要から作成しておいた一年三六六日――この日にどんな戦いがあったかというメモは、『戦いの三六六日』（ランダムハウス社）という本になった。またパリ市内の街路の名称の由来も、かなりまで収集が進んでいる。太平天国についてもまた、旅行メモから出発してそこそこになってきた。そういったノートが何冊もあるから、ときおり新しい情報を加えるのが何よりも楽しみである。

●私を説得する方法

私が営業の第一線――セールスマネジャー時代の話だ。ある年の決算月のこと、営業拠点――支店は新規契約の取得と集金、そして製品の出荷に忙殺されていた。

そこへ営業本部の顧客担当の係長から私宛に電話があり、副社長兼営業本部長の指示で知り合ったばかりの芸能人のところへ、新製品を一台午後に届けろと言ってきた。配送のスケジュールは一週間ほど先まで、ピッタリ決められていたから、そのことを説明して三日後が精一杯と返答した。

するると相手は営業本部長命令だから、最優先させて届けろと無理押しする。どうやら私から言質をとったら、直後に報告し点数稼ぎをしたいらしかった。こちらも配送計画が狂うから譲れない。やがて怒鳴り合いになる。

その係長は優先順位が上司にあると考えており、私は大枚を投じて買ってくれた顧客こそ優先順位が上と信じているから、妥協点など見出せるわけがなかった。本社——とりわけ経理畑や営業本部は、自分たちがエリートだという意識ばかり強く、高飛車に命じてくるのが多い。そこでこちらも一歩を退かず、対応してやることに決めた。

相手は次いで一転して、「先輩の言うことを聞け」とかましてくる。けれど先輩面などこちらには通用しない。三日後しか無理だと主張し続けたところ、なんと自分たちで届けようとした。ところが現地の土地不案内で徒に時間を費やし、たどり着いたときには不在、という破目となる。何のことはない配送が終了したのは、三日後の午後遅くであった。

自分たちの都合を優先して第一線の営業体制を崩させようとした連中は、相手方の仕事の流れに何ら関心を抱くことなく、ひたすら「営業本部長の命令」を繰りかえしてきた。いつ頃に配送が可能か、という打診なしに迫ってくるのだから、反発を受けない方がおかしかった。『水戸黄門』でもいきなり最初から、葵の紋の印籠を出してこない。それを忘れるべきではないだろう。

このときの係長の失敗は、まず私の性格について、情報を収集することなしに連結してきた点だ。頭から「営業本部長の命令」をちらつかせたら、まず応じるわけがないのである。

また「いつ配送が可能か」という手順でもよかった。それなら三日後と応じてから、改めて調整する可能性も見出せたのだ。そうした出方なら優先順位の方も、多少無理して調整したに違いなかったと思う。

虎の威を借る有象無象は、組織のなかにしばしば見受けられる。狐ならばまだ少しはまともな案を出してくるだろうが、人間は権威主義で臨んでくるから始末が悪い。そうでなく逆に揉み手で出てきたら、今度は何かしら別の魂胆がある、と見なして間違いない。

3、情報の集中

●分析者に必要な想像力

情報の量は一般的に言うなら、多く収集した方が望ましい。分母が一〇よりも一〇〇、一〇〇よりも一〇〇〇と大きくなれば、必然的に良質な情報の入る確率が高くなるからである。

そこに然るべき情報の分析者がいれば、必要な情報群にまず分類し、次いでそのなかから核心部分を拾い上げ、一連の関連性を見出すだろう。首尾よく進めば、いつ、誰が、どこで、何を、というところにまで到達できるのだ。

分析者には想像力が求められ、ジグソー・パズルの不足している部分について、自ら絵を描いてみることが必要になってくる。その作業によって連続したストーリーが浮上し、情報収集者の努力に応えられるわけである。

私のこれまでの成功例は、一九九〇年と二〇〇〇年の二度にわたって導き出した結論だった。どちらも入手できた断片的な情報を、何度も並び変えたりした挙げ句、消去法を繰りかえし、最後に類推を加えた結果である。こうした作業は多くの場合、直感に頼った方が上手くゆく。あまりに考え過ぎてしまうと、かえって間違った方向に進んでいって、結果が思わしくない。

一九九〇年のときはテレビの生番組で、考える時間がわずか三〇分しかなかった。六月後半の舛添要一氏（現参院議員）の司会する国際問題などを論じる番組だ。私は彼から直接、「中東で問題を起こしそうな国を一つ」挙げてくれと言われた。

こうしたときは一国また一国、諸条件を考慮していたら時間切れとなる。そこで東はパキスタンから西はシリアまで、危なそうな国をメモしていった。この時点の「イラク」は一見すると安全に思われてきた。アメリカもジョージ・ブッシュ・シニア政権はそう考えていたらしく、女性の大使を派遣しているほどだ。

消去法に移った私は、そのあたりがネックではないかと気になった。民主党のカーター政権時代、この駄目な大統領は善意と微笑の外交を進め、中央情報局すなわちＣＩＡの弱体化をやってのけた。そのため情報活動に問題が生じていたのである。当面のアメリカの敵――イランと戦ったというだけの理由で、サダム・フセインを協力者と見なしている点も危険だと、私は考えた。

そこで舛添氏から問いかけられたとき、

「次に問題を起こすのはイラク」

と、私はズバリ国名を明言してしまった。

それから五週間後の八月一日――イラク軍がクウェートに進攻したのは周知のとおりだ。その少し前にアメリカ大使が休暇に入ったのを、サダム・フセインは狙ったわけだから、アメリカの情報機関のお粗末さ加減は筆舌に尽くしがたい。

私は湾岸戦争の期間を通じて、高い確率で予測を的中させた。とりわけ連合軍――多国籍軍の空爆開始を、「一月一八日までに必ず始まる」と〈週刊新潮〉誌上にコメントとして述べた。これは新月の晩に夜間攻撃が加えられる鉄則から、〈理科年表〉で新月の期間を調べ上げ、砂嵐が三月に始まるのを逆算して「一月一八日がデッドライン」との結論を得たのである。

●9・11の予測が的中

二〇〇〇年になって、私のところへオサマ・ビン＝ラディンの情報が、それまで頻繁に入り始めた。断片的だが「民間航空機のハイジャック」とか「マンハッタン」といった情報も加わった。

この頃、末娘がアリゾナ州立大学に留学していた。その彼女からカリフォルニアやアリゾナの操縦学校の生徒に、「やたらとアラブ人が多い」と言われた。この地は一年に晴天日数が抜群に多く、操縦学校は掃いて捨てるほどある。

――ハイジャックした旅客機を、自分たちで目標まで操縦する計画では――

私は少し前に入っていたビン＝ラディン関係の情報を、そこに結びつけて考えた。何かジグソー・パズルの欠けていた一角が、スッポリ完成したような気がしてくる。

たしかに調べてみると、操縦学校の生徒名にアラブ人風の姓名が、かなり多いとの確認がとれた。カリフォルニアやアリゾナでは、スペイン風の姓名が非常にポピュラーだ。ところが「サイド・ビン＝アリ」などといった姓名だと、思わず耳目を集めてしまう。

私はこの頃、小学館の『21世紀サバイバル・バイブル』を執筆中だった。そこで情報を再整理した上で、

「指導者――ビン＝ラディンの命令が、ニューヨーク中心部での自爆なら、乗員乗客全員を道連れにして、迷いもせずマンハッタンへと突っこんでゆくだろう」

と、予測を完成させたのである。

こうした場合に最も注意すべき点は、テロの指導者の立場で思考を進めることが大切だ。私はビン＝ラディンがそれ以前に、ワールド・トレード・センターの建物を狙ったあたりに注目していた。彼のような狂信者は偏執狂でもあるから、また同じ標的にくる公算が極めて大だと踏んだのだ。だから二〇〇一年一月にウォール街近くを訪れたときも、あの建物の付近に近づいていない。

『21世紀サバイバル・バイブル』は、やはりこの一月に店頭に並んだが、それから八ヶ月後に

不幸にして的中してしまった。だが、私が一番不思議に感じたのは、アメリカの情報機関がこれを見逃した点だと言える。

●なぜ情報機関が見逃したのか

私のレベルでの情報量が五としたら、彼らは一〇〇とか一二〇を集めていたはずである。何故、彼らがそこまでたどり着かなかったのだろうか?

その原因は幾つか考えられる。まずは情報が集中されたにもかかわらず、担当者が見過ごしてしまったのではないか。集められた量があまりに多く、焦点の合わせ方に失敗したとも考えられる。

情報はどれも大切に思えるから、それらを後生大事に抱えこむ。そうすると一人の人間の頭で処理できない情報量となり、やがてどれもこれも同じにしか見えなくなる。そのあたりが失敗の第一歩となってゆく。

私は一九六九年に大宅壮一マスコミ塾に学んだとき、草柳大蔵塾監から、

「情報を収集し、次に捨てることが大切」

と、講義のなかで教えを受けている。

これを私は「捨てるのも技術」と考え、以後はすこぶる集めたものを捨てる、ということが上手になった。つまり「整理術」だ。「情報の集中」とは逆だと思えるだろうが、「集中」もま

た取捨選択しなければ全く成立しない。

●活きた情報に仕上げるために

情報分析の能力というものは、分析者の過去の経験の蓄積と、収集してきた豊富なデータに立脚する。どちらか一方だけでは、満足ゆくレベルのものを導き出せないだろう。

ただしその「情報」とは、単純に集められたある素の状態、という意味ではない。やはり取捨選択された段階の、厳選されたものである必要を要する。

それを分析者が過去の経験に加えて、直感力を駆使して解析を行い、活きた情報にと仕上げてゆくのだ。どちらが重要かとなってくると、ケース・バイ・ケースとしか言いようがない。

前述した私の二つの成功例から考えると、一九九〇年から九一年の例は過去の経験に立脚しており、二〇〇一年の例は豊富なデータの分析結果であった。

私は二〇一一年頃に中国経済が破綻するのでは、と秘かに分析してきた。実際のところ二〇〇九年から一〇年にかけて、失速が始まるかと思われた。しかしながら中国政府はバラ撒き政策により、国民一人ひとりに現金を配り、この危機を脱出してしまった。

中国の民衆は与えられた現金で、都市居住者は自動車を、農村居住者は白物家電を購入、たちどころに製造業を立ち直らせたのである。自動車産業などは年間一五〇〇万台の大台を突破し、ついにアメリカを抜いて世界一の自動車大国の座に就いた。

ただし中国政府の発表してきた統計を、もしまともに考慮しているとしたら、それは大きな間違いだ。あの数字は中国の各省政府がでっち上げた、壮大な創作だからだと説明したい。

各省政府にはそこの最高権力者――書記が頂点にあり、彼らは実績により党中央から評価され、出世の階段を上ってゆく。失敗すればたちまち負け組となり、その時点で将来を喪ってしまう。

一例を挙げれば胡錦濤は新疆ウィグル自治区の書記として叛乱の鎮圧に成功、それが鄧小平に認められ出世街道を歩んできた。もしそのとき鎮圧に失敗していたら、もちろんすべてを喪失したのだ。

経済の数字も然りで、停滞したら最後、省や市の経営能力が不十分と判定される。そのためいかにもっともらしい数字をでっち上げるか、それだけに血道を上げることとなる。

省政府から上がってきた数字を中央政府が集計すると、とんでもない経済成長になって現実離れしたものが出る。そこで中央政府はまた数字を修正して、一〇パーセントをやや下回る線で調整してゆく。

帳尻合わせは中央銀行――人民銀行が紙幣を刷り、勘定合わせをやっているのである。大体がこの銀行は一体幾ら発券しているのか、これまで全く発表したことがない。私は紙幣のナンバーから一〇〇元紙幣だけでも四〇〇兆円が流通市場にある、と推測した。日本銀行の発行残高の五倍強で、この国の物価指数から考えたら、インフレーションが起こらない方がおかしい、凄まじい通貨の流通量だと言える。

こうした傾向は既に豚肉の値上がりを生じさせており、二〇一一年六月には前年同期比で五七パーセント、という上昇が続いている。豚肉は中国人の食文化であり、もしこのような値上がりが将来にわたると、民衆の不満だけでなく、インフレーションという経済危機に発展しかねないのである。

いくら中国政府が数字の魔術に長けていても、豚の農村での飼育頭数まで生み出すことはできない。政府の補助金などの対策でも、それによっての増加はわずか二パーセント（ウォール・ストリート・ジャーナル紙）だから、焼け石に水の状態と言えるだろう。

このような情報がコントロールされ、しかも地方政府の数字のでっち上げが常識な国家については、「情報の集中」は逆効果になってしまう。だから中国については、豚肉の価格とか旱魃といった、断片的な情報から状況を判断するしかないのだ。

●中国経済破綻の予測

私は二〇〇七年から〇八年にかけて、中国経済は一一年頃に破綻するだろう、と予測していた。けれど国民へのバラ撒きと粉飾決算により、危ういところで崩壊を免れている。

ただし中国経済の破綻は、遅かれ早かれやってくる。それだけは絶対に間違いない。長江の三峡ダムが崩壊するような大災害が、その引き鉄となる可能性も極めて大きい。

三峡ダムは過去の長江の水位を、最大で一八〇メートル上げているから、流域の岩肌にかかる水の圧力は凄まじいものがある。このためダム周辺では大小の地震が断続的に発生、住居を移している地元住民が続出した。これはもし発生すれば流域の一億人近い住民を巻き添えにした、有史以来未曽有の大災害となるだろう。

現地を歩くとそういった不安の声を頻繁に耳にする。このダムの建設を決める全人代の裁決では、いつもは圧倒的多数が賛成票というのに、なんと二割からの代議員が反対票を投じ、私たちを驚かせたのであった。けれど電力の慢性的な不足をカバーすることを目的に、建設が強行されたのだ。

中国経済の発展は粉飾による部分がかなりを占めている。もしこれが自由主義経済の国なら、とうの昔にひっくりかえっていると思われる。しかしながら一見すると健康そうに見受けられる。これはスケール・メリットによるところが大である。

私は粉飾決算で倒産した会社に、一時期いたことがあった。粉飾に気づいて退社したとき、あと三年かそこらだろうと考えていた。ところが一〇年持ったのだった。

破綻したとき感じたのは、やはり規模がそこそこあるとなかなか倒れないと、妙な感心をした記憶がある。その経験から中国経済を考察してゆくと、長江の三峡ダム決壊のような大災害がない限り、ある程度続くのではないかとの予測だ。

近年の中国への日本企業の進出は、内陸部へ中小企業が中心、というのがパターンとなっている。生産拠点の分散などいろいろ理由はあるようだが、長江流域への工場建設は、前述の理由から避けるべきだろう。そうでなければ流れから一〇〇メートル以上高い場所にしておく必要があるのは言うまでもない。

それ以外にも課題は多く存在する。日本を脱出して電力問題が解決した、と考えたら一難去ってまた一難である。中国大陸で電力が十分に供給されるのは、ほんの一部であると考えておくべきだ。とりわけ南部――広東省方面は、時限停電で操業ストップが日常茶飯事という場所が多い。

続いては工業用水不足という問題が横たわってくる。中国大陸は広大だけに、中央から南は大洪水に見舞われているのに、北は旱魃という現象が毎年のように起こる。何しろ地域によって飲料水が不足し、日本なら工業用水以下の水質のものを飲んでいるから、すべて推して知るべしであろう。

そうした類いの情報は、新聞と雑誌のスクラップだけでも、容易に入手可能となっている。私の場合にはそれをさらに現地で確認し、こうして記述していることになる。

●韓国人のスピード

日本人よりよほど素早いのが韓国人だが、彼らはもはや中国大陸に何ら魅力を感じていない。労働争議が多く人件費が値上がりしている上に、いざとなると中国政府が介入してくるためである。法令も突如として変更されるから、見切りをつけた韓国企業が続出している。彼らは今やベトナムをも飛び越え、なんとラオスに注目しているのだから驚かされるのだ。

ラオスの首都ビエンチャンに、二〇一一年になって証券取引所が開設されたが、そこに五〇パーセント出資したのは韓国である。この一事だけ考えてみても、彼らの熱意がはっきり窺い知れると言えよう。

私は中国への進出などもはや後手の部類と考え、ベトナムも旬の時期が終わったと思っている。しかしながら労働力の質の点で、かの地を知る私はインドシナ三国ならベトナムだ、と断言するが――。

●兵聞拙速

私がこうして情報分析をする基礎は、過去一五年以上にわたる中国を中心としたアジア情勢に関するスクラップである。それらをときおり整理し項目ごとに並べ、分析を行っているからだ。

これらは個人の資料だから、私のところへ一点集中されている。そのため作業をいかなる方法で進めても何ら支障は起こらない。

だが国とか地方自治体、はたまた企業となってくると、組織の図体が何しろ大きい。さらには報告者の判断で発信されるから、一点に集中されないという問題が生じてしまう。

一九八六年の日航ジャンボ機墜落事故の際には、情報が自衛隊、警察、地方自治体などに分散されたことで、初期の段階の捜索活動に支障をきたした。そのときの教訓は四半世紀が経過してもほとんど活かされておらず、二〇一一年の東日本大震災で似たような出来事が随所に見られている。

大事故が発生したという第一報が入った場合、政府がまずやらねばならないことは、中央司令室を設ける作業である。そこの頂点に首相が位置し、二人ないし三人の代理を常駐させ、すべての情報を一点に集中させる。この「代理」が適時報告を首相に入れ、非常事態に備えねばならない。

ところが東日本大震災に際して、首相とその周辺がやったことと言えば、愚にもつかぬ機能しない会議やら本部をやたらと立ち上げ、情報を散逸させてしまったのだ。最小公倍数を求めねばならないときに、最大公約数を求め始めたのだから、これこそ愚の骨頂であろう。

国家の非常事態のとき、何をせねばならないか。これは軍事行動と全く同じで「兵聞拙速」となってくる。しかしながら国や公的団体の選んだ手法は、不聞である方の「巧遅」だった。その上で会議や本部の頂点には、すべて首相自身が手柄を独占するため、座っていたのだから話にならなかった。

全国から寄せられた多額の義援金――日本赤十字社だけでも二〇〇〇億円近くあったわけだが、これが三ヶ月を経過して全く手付かずで置かれた。不公平にならないよう慎重に当たっているとのことだが、被災地の人たちにとって何しろ、いつ配られるか判然としない五〇万円より、今日の一〇万、二〇万円である。

日赤の近衛忠輝社長は、細川護煕元首相の実弟だ。こうした人たちは預金残高の底を突いたことがないので、他人事だと悠長に構えてしまうのだろう。ともかく五ヶ月を経過した段階で、日赤関係への義援金が被災者の手に渡り始めたところだ。

それだからと国連のユニセフに渡すと、こっちも問題が存在している。つまり被災地へ送られるのは一部で、あとはもっと可哀そうな（?）国外の人たちに回され、さらにユニセフの組織の維持費もそこから引かれる。

余談になったがそんな現状だ。憲政史上最悪宰相の地位を争う菅直人（ライバルは鳩山由紀夫）前首相は、スタンドプレーと判断ミスを繰りかえし、それでも地位にしがみついてきた。何故なら首相の地位にあると「美味いタダメシが食えるから」、というのが最大の理由らしい。だから首相官邸に上質の情報など、バカらしくて誰も届けようとしない。死に体の人に忠誠を尽くす人間など、政治家にも役人にも一人として存在しないからである。

●二種類の情報

情報にはふたとおりあり、一つは現実に発生してしまった事象だ。これは待ったなしだから、報告しないことには手落ちとなる。しかしながらもう一つの、現在進行形状態の事象は、若干の時間的余裕が見られる。

この後者についての情報は、誰も好んで死に体のトップに報告するバカなどいない。誰一人として国民のために仕事をしている者が存在しないから、と言えば納得できるに違いなかろう。

かくして二〇一一年七月から八月の首相官邸周辺は、大きな情報の過疎地帯と化してしまった。首相以下幹部たちの誰もが、働いているのではなく動いているだけ、との様相を呈しつつある。

一方で東京電力という企業には、情報操作の大天才が在籍し頼もしい限りだ。それはプルトニウムなど放射能が当初の段階から検知されていながら、二ヶ月以上経過して発表した、という点からでも指摘できる。今日午後放射能洩れが発生したと発表すれば、たいていの人はパニック状態かそれに近くなる。ところが六〇日からが経過してしまうと、「そんなことがあったのか！」とのビックリ・マークぐらいで終わる。

情報についての人間の心理を、見事に読んでの発表だと断言してよい。この人には「東電のゲッベルス」の敬称を贈りたいものである。それだけの才覚を有する人はただ一人、院政を施く眼光鋭い会長だと思うが——。

東京電力の会長は、この会社の新旧経営陣の他の顔ぶれと較べると、人材としての資質、そして格が全く違っていた。こうした卓越した経営者がいたからこそ、経済産業省を骨抜きにし、電力会社主導の体制を築けたのであろう。

4、生の情報は速やかな決断を生む

●「生の情報」と「情報もどき」

中間に幾つかの機関、あるいは数人の人間を経た情報は、そこにおける主観が加えられている、といったケースが多い。ときには何らかの思惑が働き、「情報もどき」と化しているのである。

私が最後に会社勤務したとき、コンピュータ室から営業データが打ち出され、営業部長たちに一部ずつ配られた。それについて会議の席上で九州担当部長から、より分析を加えたものを現場は必要としている、との意見が出た。

意見を求められた私は、「生の情報」の方がありがたいと応じた。変にゴチャゴチャ手を加えられたものより、自分の担当地域に合わせて利用できる現状でよい、と考えたためだ。

また販売要員の資格別の月ごとによるデータでは、なんと小数点以下第二位まで数字が示されていた。注文件数が二一・一四といった具合である。ところが平均をとるから割り切れないためで、一人ひとりの数字は一八とか二三だった。そこで端数を四捨五入あるいは切り捨てた方が、すぐに数字が頭に入ると主張した。

すると数字とはそんなもんじゃない、と反論してくる者がいた。ところがこうした人間ほど数字が頭に入っていない。木を見て森や山を見ていないのだから救われなかった。

私は部長クラスには部長の、課長クラスには課長の、それぞれのレベルが把握しておくべき数字は違うと言った。しかしながら相手は自説を譲らず、とうとう平行線をたどったままに終わってしまった。

社長の地位にあったら、社長としての知っているべき数字がある。ところが社長にもピンからキリまであり、一部上場企業と中小企業では全く違った。すなわち規模により臨機応変に考えねばならない。

中小企業の経営者や一部上場企業の営業部課長が、そのたびにデータを持ってこないと状況把握ができないとしたら、これは数字に対する観念を疑われても致し方ない。だが一部上場企業の経営者では、とても物理的に不可能なのだ。

ところがいくら組織が大きくなっても、トップが常に接触しておかねばならないのが、ここで述べる「生の情報」だと言えよう。前述したとおりフィルターで漉したものでなく、現場から直接手を加えず届けられた情報である。

もし会社の調査部が上げてきた情報なら、そこには何らか担当者の意図が加えられたかも、と私なら疑いをかける。それどころか担当者の主観が入っているケースも考えられる。そうなってくると外部へ伸ばしたアンテナ——情報網があって、初めて「生の情報」か否かの判断がつく。

担当者の誤認とか相手方から欺かれている、とのケースも少なくない。職務に熱心な者ほどトラップにひっかかりやすいから、そのあたりをさりげなくフォローすることも重要になってくる。私は常に情報担当者の知らない外部と、内部から上がってきた情報を比べるべき、と考えるが——。

●トップは外へ出よ

トップを含め幹部が外へ出ることは、その意味からすると極めて大切だ。第二次世界大戦の当初、アドルフ・ヒトラー総統は自ら、大本営を前線近くまで進めて戦況を早い段階で知ろうとした。

一九三九年九月一日——大戦勃発の日、総統はポーランド国境近くに待機し、速やかにポーランド領内へと進む。あまりに前線と近いことから、エルヴィン・ロンメル少将の警固部隊は対空火器まで整え、敵の反撃に備えていたほどである。

翌四〇年のフランスへの進攻作戦も、ヒトラーはライン河畔のコブレンツへ赴き、ここから自軍の戦況を把握していった。当然、これもまた上々の結果を生んだ。

しかしながら四一年のロシアへの進攻――バルバロッサ作戦では、総統本営に閉じこもり、幕僚すら前線に派遣しようとしなかった。これにより補給物資のワルシャワにおける滞貨を知らず、機甲部隊の父――ハインツ・グデーリアン上級大将との衝突事件を生む。補給責任者が責任逃れのため、補給は順調と説明したからだった。この結果、上級大将は第2機甲集団司令官を解任された。東部戦線から一番頼りになる軍司令官を、みすみす喪う事態を招いたのである。

ヒトラーがこのとき、もし調査のための幕僚を派遣していたら、最前線に軍需物資の届いていない状況を、すぐに知ることができていたであろう。ところが補給責任者の言葉だけで、すべて順調と判断したのだから信じられない。

担当者は保身のため嘘をつく。これは官僚組織も民間組織も変わりないのだ。東日本大震災では首相以下政府のメンバー、それに学者まで揃って嘘つき大会となった。このため調査機関――第三者によるものが必要となってくる。

一人の優れた調査担当者がいれば、彼はまず最前線で物資補給が不十分なことを発見、次いで輸送ルートを遡ってゆく。そうして滞貨状況を確認、数日から一週間でトップへの報告ができる。そんな簡単なことを拒絶したのだから、ヒトラーの思考回路はこのあたりからおかしくなり始めた、と言ってよい。

●常に最前線近くに身を置け

グデーリアン自身も最前線近くに身を置き、戦況の把握に気を配った。ポーランド進攻作戦では、戦闘一五日目の一九三九年九月一五日に、副官が狙撃され戦死という突発事態も起きた。

このあたりはナポレオン・ボナパルトと一脈相通じる。イタリア遠征の期間を通じて、遠征軍司令官の彼は実に二度にわたり、副官の戦死という事態に直面した。どちらも一六四センチの彼の頭上を掠め、背後の一八〇センチの副官に命中したわけである。

アルコーレの戦闘では騎乗していた馬がやられて河中に転落、敵味方の中間であったことから救出できず、かなり長時間にわたり放置されたこともある。常に戦死と紙一重のところに、ボナパルト中将は位置していたのだ。

エルヴィン・ロンメルは第一次世界大戦に歩兵で従軍、下級指揮官として一万以上の捕虜を得て、ドイツ帝国最高の戦功章——プール・ル・メリットを授与された。そして第二次世界大戦では、機甲部隊を率いて北アフリカの戦場を駆け巡った。

彼の指揮統率のやり方は、戦車ならば戦闘指揮車輌、装甲車なら通信機能を揃えたｓｄ・ｋｆｚ-２５１に乗った。それによって最前線まで入り、臨機応変の指示を与えていったのである。

戦況は刻一刻と変化する。たった今まで全く隙を見出せなかった敵陣が、兵力を移動させたことにより、ポッカリと空洞の生じるという事態が現出される。そのとき遙か後方の司令部に伺いを立てていたのでは、多くの場合に勝機を逃してしまうのだ。

ロンメルとかグデーリアンは、味方の前線の目と鼻の先に位置しているから、報告を受けるが早いか即座に判断を下せる。かくして指揮官たちは機を失することなく、その箇所に集中攻撃を加えて突破口を拓くのが可能となった。

一九四〇年のグデーリアンによるフランス戦線での快進撃。そして四二年の北アフリカ戦線のロンメルの快進撃もまた、早い段階で味方の優勢を察し、追撃戦に入らせたのであった。最前線からの報告や問い合わせに、ほとんどリアル・タイムで即応できていたからにほかならない。

●成功する指揮官

軍隊の指揮官の場合、下級指揮官として顕著な勲功を立てながら、中級あるいは高級指揮官として能力を発揮できない、という軍人を多く見出せる。これはその将校の本来の資質が、最前線の近くにおいて発揮される、という解釈をすれば理解が容易だろう。

佐官級あるいは将官級の指揮官となり、遠くに銃砲声を聞く立場になると、判断が不正確に陥るといったケースである。まるで人が変わったように駄目になってゆく。

民間企業でも係長や課長として辣腕をふるった人が、部次長として全く落第という例が珍しくない。ましてや能吏だったのに役員になったら木偶の坊という人も、私はこれまで何人も見てきた。

そうした原因を考えてみると、適材適所に程遠い人事がなされていることが多い。不適切な人材が不適当な部門に配置されたら、組織が機能する方がおかしいのだ。

野に咲く蓮華草を鉢植えにしたり庭に植えてもあまりパッとしない。しかしながら野原の一面に咲いているのを見ると、春の訪れをそれだけで感じさせてくれる。「やはり野に置け蓮華草」というわけである。

軍隊の場合も企業の場合も、着実に実績を上げてきた功労者に対しては、あくまでそれまでどおり現場の近くに置いておくのがよい。いきなり役員だからスペシャリストからゼネラリストに、といった変身を求める方が無理と言えよう。

その点でロンメルは元帥府に列せられようが、戦闘指揮はいつも戦車か装甲車上で執った。大きな勲功を立てた歩兵中隊長の延長線上で、アフリカ軍団を指揮統率したのだから、彼の資質からして成功しない方がおかしかった。

ロンメルの言行録あるいは指示命令を見ても、優れたものが多く見出せる。連合軍――イギリス軍の総攻撃に対して、二日分しかない弾薬をすべて惜しみなく使い撃退した点。あるいは退却に際して一気に五〇〇キロメートル後退させ、敵の追撃を不可能にしてしまった決断。はたまたノルマンディー方面のB軍団司令官として、「最初の二四時間」が肝要だと看破していたことなど、広い視野を有した軍人であった。

このように自らの持ち味を知り尽くし、後方で指揮を執らなかったあたりは、特筆されてよいだろう。ロンメルの指揮統率術とリーダーシップは、多くの分野において参考にできると考えてよい。

●優れた明治政府の判断

現在のように遙か遠隔地の情報が、画像を含めリアルタイムで届く時代ならともかく、歴史上の出来事のなかに首を傾げることが少なくない。その最たるものが二度の蒙古からの襲来――元寇のときの北条時宗の指揮ぶりだろう。

文永一一（一二七四）年の文永の役も、弘安四（一二八一）年の弘安の役も、時宗は鎌倉から出ようとしていない。二度とも主戦場となったのは、博多湾だから鎌倉より直線距離で八五〇キロメートルを隔てた、当時の道路事情を考えると、早馬でも一二日から一四日を要する。とても一〇日では情報が到着しなかった。

私が時宗の立場ならどうしたかと言えば、大本営を西へ進めることを考える。京まで進めれば戦場まで五日から六日の距離である上に、朝廷との協議がやりやすい。少なくとも京という線で進出を急ぐ。

準備不足の文永の役はともかく、弘安の役は蒙古の使者を斬った段階で宣戦布告だから、より速やかに西へ大本営を進められた。第一段階で京へ進み、次の段階で可能なら大宰府まで出てしまい、そこで最前線の戦況を詳しく把握してゆくのだ。

明治時代に流行した大和田建樹《おおわだたてき》の詩による〈元寇〉という歌には、

「何ぞ恐れん我に鎌倉男子あり」

とあるが、戦場へ駆けつけたのは九州を中心とする御家人たちであった。

遠い博多での戦いは、関東の武士たちにとって、他人事のようだったに違いない。だからこそ時宗が落ち着いて鎌倉にいた、とも言える。

実際のところ蒙古軍が二〇万程度上陸してきても、補給などの点から大宰府占領が関の山であった。問題は幕府の権威だけだったはずだから、時宗が悠然としていたのは不思議でないが――。

明治政府はその点、明治二七、八（一八九四、九五）年の日清戦争に際し、大本営を広島に進めて朝鮮半島や満洲での戦いに臨んでいる。明治天皇も御座所を広島城内に置き、そこから戦争指導に当たられたのである。

広島大本営は城内中央やや北寄りにあったが、今でも石碑を目にできる。それを見るたびに明治政府の判断の優れていたことを、はっきりと思い知らされる。

それから一〇年後の日露戦争では、交通と通信の手段が進んだことで、大本営は東京から動いていない。その決定もまた正しかったと考えてよい。

●駐在員に権限を与えよ

海外での戦い――ビジネス展開では、進出先に権限を委譲してないことから、日本の本社から議会公聴会に社長が呼び出される、という問題も生じた。二〇一〇年のトヨタのケースだが、このあたりは組織を考え直す時期だろう。

外国のビジネスマンからよく指摘されるのは、日本の駐在員がほとんど権限なしに海外で活動している異常さだ。すぐにコミットできる他国の例を見ているから、単なる説明屋でしかないのである。現地の独立法人の社長とか支社長もまた、最終的な決定権を持っていないとなると、私なら二度と会おうとの気が失せる。

スペインが海外領土を誇っていた時代、中央アメリカや南アメリカの植民地の管理は、マドリードにとって大きな問題だった。何しろカリフォルニアやアリゾナ、それにニューメキシコなどまで、含まれていたのだ。スペイン本土の情報が届くのに二年を要している。そこでメキシコ市とペルーのリマに、副王《ビセロイ》を置いて経営の全権を与えた。

副王という名称どおり権限も十二分に有していて、メキシコ副王デ゠アルブケルケ（ポルトガルの探検家とは別人）など、ニューメキシコの地名となってしまい、英語式の発音の「アルバカーキ」として知られる。それだけに彼らが重い責任を課せられていたのもまた事実である。

●指揮官・リーダーは部下の身近にいるべし

最前線に上位の階級の者がいることは、部下たちにとって安心材料となる。日露戦争の旅順攻撃に際し名将として知られた一戸兵衛少将（旅団長当時）は、金沢の歩兵第6旅団長だったが、麾下の二人の連隊長の戦死を知ると、前進して最前線で指揮を執った。中隊長や小隊長たちの位置での、文字どおりの陣頭指揮となったのだ。

ロシア軍の機関銃に悩まされ、一戸の部下の指揮官たちは連隊長以外でも、六人の大隊長すべてが死傷し、二四人の中隊長で健在なのは二人か三人、という惨状を呈した。総兵力六〇〇〇のうち、残って戦えたのが六〇〇――死傷率九〇パーセントであった。

この残された僅少の兵力で、一戸は敵陣の至近に留まり続け、機を見て突撃の先頭に立ち盤龍山東砲台を奪取、次いで西砲台をも占領してしまう。主陣地を失陥したロシア軍は再三反撃を企てたが、損害があまりに多くついに断念する。

一戸以下生き残った五〇〇かそこらの将兵は、盤龍山のΠ《ペー》堡塁を確保し続けた。その最大の要因は将軍が最前線にいることで、部下たちは頑張らざるをえなかったのである。ここは大本営により「一戸堡塁」と公式に命名され、昭和二〇年まで記念碑が建てられていた。

もしこれら一連の戦闘で一戸がいなかったら、残存兵力での占領地の維持など覚束ないと考えてよい。総崩れになりそうな状況下において、少将自身が抜刀して後退してきた部下たちを怒鳴り、再び反撃に転じさせたことも二度や三度ではない。

最悪の条件下に陥りながら、一戸は一〇分の一に減じた部下たちの士気を鼓舞し、その役割を十二分に果たしたと言えよう。それができたのもすべて、彼が積極的に前へ前へと進み、ついには最前線にあって戦況を把握していたにほかならないのだ。

戦闘はいくら激戦地だからと言って、のべつ幕なしにドンパチということはなく、小康状態が必ず生じる。そうしたときに上手に休憩させる指揮官が、本当に戦いに強いリーダーなのである。四六時中ずっと緊張状態を保たせたら、部下たちの疲労度がいたずらに高まり、注意不足からの失敗も生じやすくなってしまう。

●小康状態を利用せよ

日常生活にも私はそうした小康状態を利用している。いくら台風が近づいていても、また梅雨の真っ直中でも、一日のうち何度も三〇分ぐらい止む時間が訪れる。そこを一日二度の犬との運動の時間にしてきた。

その際には次の条件――頭上の様子、風向と風速、黒い雲の位置などを観察、経験値を加えて降るまでの時間を推測してゆく。三〇分あったら迷わず出かける、との寸法なのは言うまでもない。

一例を挙げればそんな利用法もある。モンスーン気候の地域――インドシナなどで、私が雨具を持たず外出するのを、現地の人間は不思議そうに見ていた。これまた空模様などを観察しながらの行動だった。それに加えてもう一つ——私自身が晴れ男という条件も大きい。

話はまた元に戻るが、いずれにせよ指揮官は自分の部下たちの近くにあるべきである。それによって部下たちは勇気を与えられ、力一杯努力するための活力を与えられる。

よく陣頭指揮の意味を勘違いする人間がいるが、一人だけ突出して前方へ視察に出ることでも何でもない。可能な限りリアルタイムの情報が入る場所に身を置き、そこで自らのスタッフと一緒に事態に即応できる態勢にいる、ということなのだ。

そして常に頭をクリアな状態で保ち、速やかな決断を下せればよい。この決断とは、下への指示命令であると同時に、上への報告を意味する。

直感力がいかに優れていても、それだけでは自ら限界がある。やはり必要最低限のデータを収集、それをしっかり分析し、過去の経験値を加味した上で、結論を導き出したい。ただし自分の体調や直感力が低下していると判断したら、決して自らの閃きを重視してはならないのだ。

5、情報は何故、活用されないか？

●キーワードを捕捉せよ

情報は収集能力が決定的なものとなる。それが正確に分析された上で、必要な部門に伝達されて、という条件が付くが——。

あの9・11のときには、事前に関連した情報がアメリカ中央情報局——CIAにも、かなり早くから大量に集まってきていた。しかしながらキーワードを捕捉できず、結局のところ無為に終わった。

やはり最終的には人間が判断する以上、視点によって良し悪しが決まるから致し方ないのである。アメリカ本土が攻撃されるという緊迫感を抱いて、担当者が臨んでいたらまた違った分析結果となっただろうが、平時とあって簡単に見過ごされたに違いない。

私は一九四二年のミッドウェー海戦の際の暗号解読の話から、アメリカの解析能力のレベルがかなりの線に達している、と考えていた。すなわち既に日本軍の暗号を解読していたアメリカ諜報機関は、日本軍が新たに攻撃目標を設定したことを知った。ところがその目標――AFがどこなのか、そこのところで全く判断できなくなる。

そうしているうちに「AFの水道施設が故障」という暗号電文を受信、該当するのがミッドウェーではと的を絞った。次にアメリカ軍は解読されるのを狙い、ミッドウェーの出来事を試みに打電したところ、日本軍はまんまとひっかかり、AF――ミッドウェーが確実となった。

たしかにアメリカ軍側も上手に運んでいることはいるが、日本軍側にも大きな疑問が残った。それは固有名詞などに同じ暗号――AFをずっと使い続けた点だ。

私が担当責任者なら固有名詞は危険なので、一週間ごとに、あるいは五日ごとに、変化させてゆく。最初がAFなら次はどちらも四つずつ進め、EJといった具合である。さらにその次はINとなって、AFから想像のつかない形への変化を生じさせる。

AFだけならたしかに漠然としているが、そこに水道施設とか具体的な言葉が加わると、範囲がぐっと絞られてしまう。それを二度使い続けたのだから、暗号部門の担当者は落第であった。

●時間の経過は条件を一変させる?

とりわけ一週間だ一〇日だと時間が経過すると、相手も暗号解読の専門家がいるのだから、何か起きているかもしれないと考えるのが常道だろう。戦いはすべて紙一重である。朝のうち大丈夫だった補給路が、午後も依然として安全だという保証はない。

私は昼近くに通過した敵の小部隊を、ひたすら隠れてやり過ごしておき、後続の主力が数時間後に通ったとき攻撃、という戦法を二度にわたって使用した。攻撃を受けた敵を全滅させれば学習しないから、また機会があれば何度か使えることになる。

そのように時間の経過は、すべての条件を一変させることがある。東漢の『献帝』には呂蒙が魯粛に語った言葉として、

士別れて三日なれば、即ち当《まさ》に刮目《かつもく》して相待つべし

というものが、紹介されている。

すなわち「有為の人物というものは別れて三日後に会ったとき、目をこすって見直さねばならない」、との意味を有する。同書には「呉下の阿蒙に非ず」という言葉もあるが、これはそれに先立って魯粛が呂蒙に語りかけたものだ。「あなたはもはや呉の一隅にいた無学の呂蒙ではない」と、成長著しい呂蒙を賞讃したわけである。

この故事からしても、努力する人は日進月歩を遂げる、と実証されていることがわかる。研究努力していない敵ならともかく、何とか優位に立ちたいと頑張っている敵は、旧聞に属するやり方が通じるわけがない。そういった前提で臨むべきであろう。

日本海軍は後生大事にその暗号を使い続け、翌昭和一八（一九四三）年には連合艦隊司令長

官――山本五十六海軍大将の視察予定が察知され、ブーゲンビル島上空で搭乗機を撃墜された。このあたりが情報戦の恐ろしさである。暗闇で手探りにて作戦行動を展開したら、ナイトビジョンを装備した敵に歯が立つわけがないのだ。

●有能な人材をつぶす組織の愚

ドイツ軍のラインハルト・ゲーレン中佐が、その卓越した諜報組織を活用して、東部戦線で多くの貴重な情報を入手した。これは前述したとおりである。

ところがアドルフ・ヒトラー総統と国防軍最高統帥部――ＯＫＷは、そうした情報を何一つとして役立てなかった。それどころか中佐を個人攻撃すらしていた。

その理由はＯＫＷの諜報員たちが、ゲーレンの機関〈蝶〈デア・シュメタリング〉〉の活躍に嫉妬し、中傷したことにほかならない。自分たちの無能さを隠すため、優秀な競合相手を味方陣営内で潰したのだ。

「あいつのやっていることには一切協力しない」

という考え方は、あらゆる組織のなかに存在している。そこのプロジェクトが成功すれば、会社の将来に多大の寄与をするはずなのに、公然と非協力の声を上げる者まで出てくる。黙って足を引っ張る者まで含めると、ときに半数以上がネガティブな動きをする。私自身もそれを目の当たりにしたし、また現実に直面したことがあった。

組織全体の利益といったマクロな視点に立てず、それを推進している特定のメンバーへの拒絶反応で、物事を判断するのだから驚かされた。しかしながらよく考えてみるとそれが人間の心理なのだろう。

●情報の接し方と話し方

幹部クラス——部課長級の会議に、ある情報を提供したとする。まず三分の一が理解できず無関心で、次の三分の一が興味を抱き質問などがそこから出る。残る三分の一はそんなことぐらい知っている、との態度に終始するが実はわかっていない。

多少の違いはあるものの、私の知る範囲での情報への接し方は大体そうであった。情報活動は実際のところ大変だ。ほとんど更地に近い状態にもかかわらず、そこへ落下傘降下して実を挙げねばならないので、よしんばたった数行の報告でもウエートが違った。

それに対して「たったこれだけか?」と評した者がいたので、席上で逆に質問し立往生させてしまった。すると意外にもこちらへの批判の方が強く、「やり過ぎ」だという評価を受けたのである。

ここで得た結論は「猫に小判」だった。つまり理解しようとしない者や理解力のない者たちに、いくら説明しようが無駄ということなのだ。

そこで重要となってくるのが、古くからの日本独得のやり方——「根回し」であった。関連を多少とも有しており、また理解力に優れた限定メンバーに、事前に話を通しておくあのやり方にたどり着いた。

このとき一番問題になるのが、機密部分の漏洩だから、話す内容には極力注意した。どの社会にも「廊下鳶」のような低いレベルの情報屋がいるから、そこに流れない工夫が必要になってくる。

私は五人に話をする場合、内容をAからEまで少しずつ違えて組み立て、それで結果を待った。するとやはり情報が洩れた。その内容について検討してみると、Aからであることがわかり、以後その人物とは雑談以上交わさないことにした。

人間の心理として、「俺はここまで知っている」ということを、他人に誇りたい気持ちがある。また情報は多くの場合、ギブ・アンド・テイクだから、何らかのめぼしい情報を提供せねばならない。そこで常に情報は流出するが、これは実のところ諜報戦の常識となっている。

米ソ冷戦時代にＣＩＡとＫＧＢのエージェントたちが、国際都市においてやっていたのは、新聞雑誌からの情報のスクラップと、双方がティータイムに会って雑談を交わすことだった。機密文書を狙って金庫破りをしたり、ピストルで銃撃戦を展開することなど、全体の五パーセントもなかった。

一般社会の情報屋にとっては、雑談のなかから情報交換を行うだけで、十二分の成果を得られるだろう。そして情報は勝手に歩き出す、という寸法だ。

●特A級の情報を活かせなかった

それでは実際に特A級の情報を持ちながら、ほとんど実際に活用できなかったケースを紹介してみよう。その主人公は大庭二郎少佐——陸軍士官学校第九期のトップ卒業者である。

陸士・陸大を優秀な成績で終えると、そうした者は参謀本部に配属された。彼は典型的な参謀畑の将校と言ってよい。

明治三六（一九〇三）年九月にロシア政府は、二人の将校を極東での軍事大演習に招待してきたとき、陸相の寺内正毅は彼と騎兵の秋山好古少将の二人を選んだ。仮想敵国を知る好機と考えたのであった。

ロシアの側としては大兵力を動員した演習を日本軍将校に見せ、ロシアと戦うことを断念させよう、との狙いが透けて見えた。このため秋山と大庭は次から次へと要望を出したところ、すべて叶えられる始末だった。

そこで建設中の旅順要塞まで希望してみたら、これまた見学が可能となる。大庭は初めてこの地を踏み、要塞の規模に呼吸を呑む。ロシア側の見せてくれた理由が、それこそ一目瞭然だからである。

やがて日露戦争が勃発し、旅順攻囲の第3軍が編制された。軍司令官が乃木希典大将、参謀長が伊地知幸介少将、そして参謀副長に大庭という顔ぶれであった。最新の旅順を視察している彼は、当然のように選ばれていたのだ。

しかしながら肝心の大庭の意見が重視された形跡は全くない。要塞自体は彼の見学後、築城術の大家――ロマン・コンドラチェンコ少将が着任、一層のこと防備が強化されたにもかかわらず。

海軍から二〇三高地が無防備で、ここを占領すれば旅順の港内すべてが見渡せる、との情報が直接伝達された。これもまた第三軍参謀たちにより無視同然の扱いを受けてしまう。

かくして明治三七（一九〇四）年八月一九日に総攻撃が開始される。伊地知を中心に立案した作戦は、攻撃目標周辺に砲撃を徹底して集中、その後に歩兵が突撃に移るというものである。ところがベトン（コンクリート）の要塞を完全に破壊できず、敵の歩兵のかなりが無事で生き残り、周辺の砲と機関銃の支援で反撃を開始したのだ。かくしてこの日一日だけで、日本軍の損害は死傷一万五〇〇〇を数え、満洲軍総司令部を愕然とさせたのであった。

正攻法で要塞を抜けるともくろんでいた乃木と伊地知、そして大庭たちもまた顔色を喪って、第3軍司令部全体に沈痛な空気が支配した。それ以後も三度にわたって総攻撃が実施されたが、全部で四度のうち三度がなんと一九日だった。ロシア軍の側はだから一九日になると準備万端整えて待ち構えていた。

ロシア側は本当に一九日になると総攻撃があるので、日本軍――乃木や伊地知を「猿（マカーキ）」と呼んで莫迦にしている。それに対して伊地知は一言、「一九日は縁起がよいのでな」とだけ発言したという。

私が疑問に感じてきたのは、大庭が赴任して半年近くのあいだ、一体何をしていたのか、この点である。彼は軍司令官同様に長州の出身だから、乃木にははっきり自分の意見を述べられたはずだ。ところが彼らしい考えは全く作戦に反映されずに終わった。

旅順が陥落するまでのあいだ、満洲軍の砲弾の半分、あるいはそれ以上が第3軍に届けられていた。威力抜群の二八センチ榴弾砲も一二門が送られたが、伊地知は集中投入せず各師団へ平等に配置させた。第3軍司令部には工夫というものが見出せず、すべてに拙かったと言えよう。

それが証拠には満洲軍総司令部が、乃木の指揮権を一時的に児玉源太郎に移すと、総参謀長は一週間で二〇三高地を奪取、旅順での勝利を決定的にしたのだ。いかに戦争は指揮する者の能力で決まるか、如実に証明されてしまったことになる。

日本政府——日本陸軍は、明治一〇年の西南戦争以後にも、多くの人材を海外に派遣してきた。乃木は明治二〇年から一年半、参謀長の伊地知は明治一三年から一五年にかけての二年、明治一七年から二一年にかけての四年四ヶ月をドイツに、三一年から三三年の二年近くをイギリスに、それぞれ留学や勤務で過ごした。

だが、彼らはそうした経験を何ら活かせなかった。伊地知などは頑迷さが目立った上に、験《げん》を担いで「一九日」にこだわり続け、いたずらに敵から総攻撃を予測されてしまう、という駄目な参謀長として知られる始末である。だから旅順陥落後にその職を解かれ、奉天での決戦を前にしながら、閑職の最たる旅順要塞の司令官に左遷された。
一方の児玉には海外留学の経験はなく、わずかに明治二四年から二五年にかけての一〇ヶ月間、ヨーロッパ歴訪しただけだった。前述の二人の場合は、ヨーロッパ滞在の貴重な体験を、全く活かせなかったことになる。やはり軍事は持って生まれた才覚と個人の勉強という、これらの二点が決定的要素なのだと考えられる。

●なぜ情報を活かせなかったのか

それでは大庭二郎はどうであったか。彼は明治二八年から三三年までの丸五年にわたり、ドイツへ留学している。ここでドイツの軍事思想を身に付けてきた。

頭脳が冴え渡っている上に、理論を備えていたのだから、軍司令官の乃木希典大将や参謀長の伊地知幸介少将に対して、参謀副長として正面から自分の意見を述べられたはずである。前年に詳しく視察した様子を語れば、他の参謀たちにも影響を与えることができた、と思われる。

しかしながら正攻法による突撃だけが、旅順の第3軍でひたすら続けられた。もし明治三七年七月から八月前半にかけての作戦会議で、軍司令官や参謀長の主張が優先されたとしても、八月一九日からの一連の総攻撃での損害を考えれば、次は別の作戦が練られても然るべきだった。不思議なことにそれ以後にも大庭の顔は全く見えてこない。

敵陣内部についての最新の情報を持った彼が、それではどうしていたのだろうか？ロシア軍の旅順要塞の堅固さを説いても、伊地知以下に全く問題とされなかった、ということが真っ先に考えられる。作戦会議では慎重論が積極論に支配されるのが常識と言えるからだ。

第一回総攻撃を前にした海軍との会議の席で、二〇三高地が急所という助言を受けながら、第3軍司令部はそれを全く無視しているから、そのあたりが十二分に考えられる。大庭の「最新の情報」も、幕僚たちには弱気としか映らなかったようである。

二〇三高地は当初、ロシア軍からも全然顧みられることなく、そこには陣地も一兵たりとも置かれていなかった。もし第3軍司令部が海軍側の助言を容れていたら、二〇三高地はほとんど抵抗なく占領でき、着弾観測所を設け旅順艦隊を撃滅可能だったのだ。

それにもかかわらず第一回総攻撃が失敗して以後も、ここに第3軍司令部が一顧を与えた、という形跡はない。やがてロシア軍がその重要性に気づき、防備を固めてようやく日本軍を攻撃目標に加える、そんなお粗末さばかりが目立つ。

この頃になると大庭の姿は完全に埋没してしまう。参謀副長という地位にありながら、幕僚たちの一人でしかない。顕著な意見を述べたという形跡も見出せない。

ここで考えられるのは、初期の段階で旅順要塞の堅固さを強調したことで、軍司令官以下強気の第3軍司令部において、彼が浮いた存在になっていたのではという点である。何しろ乃木自身が日清戦争の際、旅団長として旅順攻撃に加わり、一日でこれを陥落させた実績があった。

軍司令官や師団長たちのあいだでは、「正面攻撃での突破」こそが理想だから、日清戦争の夢よもう一度となっても、少しもおかしくない。乃木もそのときの感覚を忘れておらず、またしても一日で旅順を突破することにより、過去の軍旗喪失の汚名や戦《いくさ》下手の評価を、一気に払拭したい思いに駆られた可能性は十二分にある。

いったん軍司令部の流れが決定してしまうと、いかなる体験談も情報もそれを変えることなどできない。ましてや軍司令官自身が過去に一日で抜いた敵陣の攻撃作戦だから、なかなか参謀副長の発言力では覆せなかったであろう。そのあたりも理解できないことはないのだ。

かくして情報は活用されず、戦場では累々たる戦死者や重傷者が横たわる、というのが戦闘の常だと言える。ここでの情報とは、大庭の現地踏査による見聞、そして海軍からの助言であった。

もし第3軍司令部が面子を捨て、海軍の指摘どおり二〇三高地を押さえていたら、旅順攻略の様相は一変していた。ここで生じた戦死傷者六万は、恐らく三分の一の二万以下で、もしかすると四分の一程度だったかもしれない。それだけでも情報がいかに重要か、理解できるに違いない。

組織は風通しの悪いことの方が多い。その場合、入手した情報をどこに報告するかが勝負どころとなってくる。一つ間違えるとそれがボタンの掛け違いとなり、そうなったら最後、有効に活用されることはない。それを避けるにはやはり、最初の段階での判断が肝要と言えよう。

6、備忘録とスクラップ

●メモの勧め

私はメモをとることを勧めるのが常である。何故ならそれを上手に整理しておくことにより、後刻いつまでも情報として残るからだ。一冊のノートにしておけば転記の必要もない。古来からの表現を使えば〈備忘録〉という。

三〇代の頃にだが、あるプロジェクトで相手方の同年代の担当者と、一度二度と打ち合わせをした。こちらは資料を持ち赴いたところ、相手は何一つ持っていない。

「私はすべて頭のなか――」

と、そいつは偉そうに自分の頭を指しながら言った。

すぐに私はこの男と話を進めるのが危険だと判断、一方的にこちらからプロジェクトの打ち切りを通告してしまった。案の定、一年もしないうちにそいつが失敗した、という情報が入ってきた。商談のポイントを勘違いし、会社に損害をかけたという。もし何らかの形で記録していたら、何ら問題のなかったことだと伝えられてきた。記憶だけに頼ったから優先順位に、解釈の違いがあったらしい。

そうした失敗話を他山の石とすべく、私も昔のことを振りかえって考えてみた。するとかなり古い記憶――二歳後半から三歳頃のものが、一番昔のものとして思い出せた。何しろ戦争末期だったから、他に類似した記憶がないため、鮮やかに残っているのだ。

昭和二〇年の三河大地震、母方の従兄の予科練への志願、アメリカ海軍のF4UコルセアーやF6Fヘルキャットの空襲、豊橋と豊川が爆撃を受けたこと、などが頭の片隅にあった。艦載機のネイビーブルーの機体と白い星のマーク、それに夜間爆撃による火災などは、色まで頭のなかに刻まれていた。

ところが終戦後のこととなると、この年の八月二五日――終戦から一〇日後、妹が生まれたあたりから怪しくなる。九月に予科練から帰ってきた従兄が、尾羽打ち枯らした姿だったのに驚いた、といった程度である。

つまりインパクトの少ない事柄は、後年まで記憶に残り難いということだろう。昭和二四年になると新聞を読んでいたから、帝銀事件の多くの白木の棺や金閣寺放火事件も、一面のトップ記事が頭のなかにはっきりと刻みこまれた。

これらは自分のメモではないが、新聞記事――すなわち活字という形で目に留まり、そして記憶として残ったのだ。そこに文字の強味があると言えよう。

　現在は携帯電話やパーソナルコンピュータが幅を利かせている。若い世代はとくにそこに頼りっきりになっており、新聞雑誌や書籍を読まない者が増えてきた。たしかに文明の利器により、通信手段としてだけでなく、情報の入手や辞書の役割まで果たしてくれる。

　ところが簡単に消えてしまうから、頭のなかにもさほど長く逗留しない。しばらくしたらすべて忘れ去っておしまいである。そこに危険性があるような気がする。自分の身に付いた情報になっていないのだ。

　自分の通信先の情報をすべて携帯電話に収めていたとしよう。ところが携帯電話を紛失したら最後、途端に通信手段から連絡先まで、すべて消え失せるのを意味する。拾得者が悪質なら早速、悪戯電話をかけたり、といった悪用を開始してくるに違いない。

●災害や緊急事態にも備えよ

　緊急事態にも弱い。東日本大震災のようなとき、被災地から遥かに離れた東京でも、携帯電話での交信がたちまち不可能になった。充電が切れてしまえば金属製の小箱と化す。

　もし核爆発といった事態に遭遇すれば、物陰にいて直接の被害がなくとも、とてつもなく強力な電磁波によって機能が破壊され、全くものの役に立たなくなってしまう。そこから情報を引き出せなくなり、携帯電話にすべて頼り切っていた人間は立ち往生することだろう。

そんな稀有な出来事でなく、災害による大規模な停電——都市機能の喪失によっても、携帯やパソコンを頼りにしている人たちは、一挙に持っている情報の多くを奪われる。便利さを享受していただけに、そこに生じる落差はあまりにも大きい。

私の場合、携帯電話を使用しないし、日常的にパソコンにも頼らない。完全なアナログ生活を続けている。けれどショルダーバッグのなかに、軽量小型のラジオと予備の単4電池を、しっかりと携行するのが常である。万が一にも外出先で大災害に襲われたり、近隣の大災害の影響を受けたとき、それによって最新の情報をキャッチできるのだ。

大規模な停電がなければ、公衆電話から一〇円硬貨や一〇〇円硬貨で通話が可能だから、硬貨だけは必ず少し多目に持っている。この方法の方がテレホンカードより、混乱した状況下では通話できる確率が高い。

また災害など緊急時には、何かの拍子に携帯電話が水に濡れたり、バッテリー切れになりかねない。情報をそこへ一点に集めていると、公衆電話すら利用できない事態に陥る。やはり安全策としてメモしておくことが望ましいだろう。

●柘植流備忘録作法

そこで登場してくるのが備忘録——メモのためのノートである。その末尾のページに必要最低限の連絡先を、きちんと記録しておきたい。

日誌式の手帳には、必ず住所録が付いているから、携帯電話の控えとして活用すべきだ。私はメインの手段だけに決して依存せず、そうした記録も予備を残している。すべて万が一に備えてだと言える。

備忘録は仕事の上でも重要であるのは言うまでもない。冒頭に述べた頭へすべて叩きこむ人間はともかく、メモは忘却や勘違いをきちんと正してくれる。分厚くなってくるとそこに見出しを付け、すぐに見つけられる工夫を凝らしたい。

大学ノートを使用するとき、流れは見開きの左側のページだけにし、右側は余白として残しておく。後刻になって自分で調べたり、何か特記事項を思いついたら、そこへ記録してゆくためである。左側のページから右側のページへと、連続して書かない方がよいのだ。

余白が大きくなっても全く気にしないで構わない。さして重要でなかったのかもしれないし、左側で言い尽くされたのかもしれない。他のページに追記事項が多いとき、その部分を借用してもよかろう。どこのページのものがはっきり示しておけば、全く問題ないと思う。

●重要な取材ノートの左右ページ

私は取材ノートを書く。訪れた先においてせっかく知り得たことを、執筆時に活かすためである。大体が一つのテーマに一冊の大学ノート、というのが常だ。

このときも全体の流れを左側のページに記してゆき、流れ以外に気づいたことが出てくると、その場でも右側に書きこむ。重要な石碑に刻まれてある文字だったりするが、アンコールワットの森本右近太夫のものなど、判読に苦労した記憶がある。しかしそれから四〇年以上経過した現在では消えた箇所もあり、全文あまねくメモしたことは正解だった。

碑文などは一応、写真に撮る。ところが思ったより写りが悪く、後刻役立てようと思ったとき読めない事態を招くのである。そのため安全策としてメモと両方で記録しておく。

気づいた点は右側に、可能な限りしっかり記し、自分の印象も加える。それを実際に作品として活かすのは、三年後かもしれないし一〇年後かもしれない。

現地にいるときはまだ記憶がフレッシュだが、書くときはかなり薄れていることが多い。どうしても思い出せない固有名詞すら出てきてしまう。そのためメモは克明にしておくのだ。

本格的な取材の場合には、絶対に現地のガイドを雇わねばならない。友人知人の紹介してくれた人物に案内してもらうと、専門に勉強していないから目的の場所が見当たらず、いたずらに時間を空費して終わる。それに何か目新しい事柄を教えてもらえるわけでもないので、ともかく観光目的以外は断ることにしている。

二〇〇五年にベトナムのディエンビエンフーを訪れたときは、戦闘から五一年目で目新しいことなどないと思っていた。けれど実際に歩いてみると、考えていたより遙かに狭い戦場で、あたかも箱庭で戦ったような印象を受けた。

このときの取材ノートは、ほとんどホテルへ帰ってから書いている。歩いているときは写真撮影が主となったためである。かなりしっかりした取材ノートが完成したが、五年を経過して読み直してみると、右側に記したことが多く参考になった。

もし記憶だけに頼っているとしたら、それらの部分からかなりが欠落しただろう、との感触を得た。備忘録の役割を果たすノートの存在は、やはり不可欠なのだ。

私の訪れる先は比較的特殊なところが多くなってしまう。このディエンビエンフーだけでなく、ジャカルタのオランダ東インド会社——ＶＯＣの跡、太平天国の洪秀全の足跡といったところだから、観光案内の本で確認などできない。そのため訪れた際にすべて取材を完了してしまう必要がある。つまり幅と奥行きを同時に追い求める、という難しさを有している。

そこで利用してきたのが、ノートの左側と右側であった。前者で幅を広げておき、後者で掘り下げるやり方なのだ。その方法が確立できてからは、ページの役割がはっきりしたことで、自分の頭のなかも整理できた。

私の備忘録のなかで〈戦いの三六六日〉は、ひときわ大きなノートを使用した。この日にどんな戦いがあり、軍事関係の人物の生年月日、あるいは没年月日を記録しておいた。やがてこれは一冊の本——〈戦いの三六六日〉（ランダムハウス講談社）となった。

それに類似したものが別に存在するが、まだ刊行されていないため、どういったものか明らかにできない。けれどこれらはあくまで自分用のメモとして出発したもので、年月かけて書き加えたものだった。

備忘録はひたすら書き加えてくると、ある段階で整理しないと活用に耐えない。そこで整理術が重要になってしまうが、それについては次の第7項——「情報の整理」のところで触れたいと思う。

●柘植流資料スクラップ法——例えば、中国関係

優れた諜報の専門家——エージェントは、その情報源の四分の三前後を新聞雑誌など公刊物から得ている。特殊ルートからの入手が残る二〇パーセントで、「外套と短剣」的旧時代のスパイ活動は五パーセントかそれ以下である。

つまり情報社会の現代にあっては、多くの事柄が報道されていることを意味する。彼らは可能な限りのその国の刊行物に目を通し、必要なものを二ュースタンドから購入、ひたすらスクラップしてゆく。

一例として私の中国関係についての、資料のスクラップ方法を記しておこう。二〇一一年六月時点での項目は、〈高速鉄道〉、〈中国大陸での暴動〉、〈インフレーション〉、〈共産党人事〉、〈軍事〉、〈偽札〉、〈日本の進出企業〉、〈汚職〉、〈アフリカへの進出〉、〈自然現象〉、〈サイバー攻撃〉、〈三峡ダム〉、〈少数民族問題〉といった分類をしている。

これらのうち〈高速鉄道〉は、危ないのがわかり切っていた。何しろ建設に関係した中国の鉄道技術者が、「私は乗らない」と明言していたほどだからだ。そうしていたら二〇一一年七

月に案の定、追突で死者四〇という大事故を起こしてしまった。つまりウォッチャーにとって、この程度の事故は想定の範囲内だったのである。

ここで注目されるのは、インターネットで不満が湧き上がったことだろう。攻撃目標は一見すると鉄道省だが、これはすなわち中国共産党政府に対するもの、と考えて間違いない。

中国の情報に精通している者は、この国の発展と繁栄が砂上の楼閣であることを、十二分に認識してきた。いつ液状化現象を起こしてこの楼閣が倒壊するのか、固唾を呑んで待っているのが現状だと言える。

中国や香港を旅したら、大都市のニューススタンドで買えるだけ、すべての新聞雑誌を買うことにしている。北京は政府の睨みがきいていることから、あまり面白い内容のものは見当たらない。

ところが広州など南方へ下がると、かなり重要な情報を記事にしているのだ。新聞なども頻発する暴動——地方政府や官憲に対するものを、堂々と民衆の立場から書いており、何しろその件数の多さに驚く。

一ヶ月に一万件——年に一二万件の暴動が北から南まで全土で発生している。これは二〇〇六年頃からずっと続いてきた。一〇〇人以上の参加した暴動であるが、多くが土地収用に際し地方政府や悪徳業者に対するもので、死者が出ることも少なくない。それらの新聞雑誌をチェックしてゆくと、黒社会——暴力団の存在まで見えてくる。

特定の国家をウォッチしていると、やはり情報の量が決定的となるから、現地の報道された情報が不可欠となる。温州の高速鉄道追突事件にしても、途中から政府が言論統制を実施してくる。それをかい潜っての報道と情報入手だから、困難が伴うことはたしかであるが――。

それでも共産党独裁下のソ連に比べてみると、南方の新聞雑誌はかなり健全だと言えるだろう。旧ソ連時代の有名な笑い話に、客が「プラウダ紙（真実の意味）をくれ」と言ったら、ニューススタンドの係は「ありません」と応じた。そこでイズベスチュア紙（報道の意味）をと言い直すと、やはりないとのこと。客はそれらが並んでいるのを見つけ文句をつけたところ、「真実も報道もありません。これらは政府の官報です」との返事が戻ってきた、という傑作な話だ。

今回の高速鉄道の事故の報道を考えると、どちらかと言えば中国の方がましである。旧ソ連ではほとんど発表されなかったためだ。外国人の犠牲者が出ると初めてニュースとして報じられるが、自国民だけだと全く報道管制下に置かれていた。そのあたりの比較を真っ先に思い浮かべた。

そうした中国関係のスクラップは、かなりの情報量があるので、項目ごとの整理ができてしまう。しかしながら情報量の少ない国については、「ラオス」といった具合に国単位での分類しかできない。

アフリカあたりについては、中国が関連していると「中国」の項目にまず含め、そこからさらに政治や経済といった具合に分け、突っこんでおく。それ以外は切り抜いた記事をモルグ（死体置場）と呼ばれる、雑多の収容場所に放りこむ。

これらは年に一度か二度、再チェックすることがある。それ以外には何か大きな出来事が生じたときだけ、改めて記憶をたどって検索し見つけ出す。

小さな出来事や小国に関するスクラップは、埋没してしまう可能性が極めて高い。そこでなるべく大きな国とか事件に関連させ、一緒にしておくのが望ましいのだ。

●情報の埋没を防げ

新聞記事の場合、四段ぐらいより上の扱いをされていないと、単独のスクラップが脚光を浴びてくる確率は少ない。週刊誌など雑誌では最低が一ページだろう。

しかし大きな記事に関係したものは、なるべくそ

ケネディ暗殺犯は「フランス人傭兵」

ケネディ大統領を暗殺したのはフランス人だった——。テキサス州ダラスで起きた「悪夢の事件」から丸35年。こんな新説が米仏両国で波紋を呼んでいる。

きっかけとなったのは、『JFK国家犯罪の検死』と題する一冊の本。著者は司法問題を専門とするジャーナリストのウィリアム・レイモン氏である。

レイモン氏が語る。

「事件の直後、容疑の男3人が逮捕されていたことは有名です。うち1人はすぐに国外追放処分を受けていますが、それがフランス人・マックスでした」

マックスとは、彼のコードネーム。アルジェリア独立運動鎮圧のため投入されたフランスの秘密軍事組織OASにいた男で、ドゴール暗殺未遂事件にも関わっていたという。

「マックスを雇ったのは、テキサスの裕福な石油商たちです。ケネディは、東西冷戦とベトナム戦争を終結させようとして、キューバのカストロとも対話を進めていた。その全てが"[illegible]"だった彼らの意思と利益に反することでした」

ダラスの現場には、反カストロ主義者、元CIAの嘱託エージェントらが"使命"を帯びて集められていたそうだ。

「彼らは3人1チームとなり、それぞれ狙撃、[illegible]、周囲の見張りを分担。計4つのチームが現場に展開されていた。マックスはそのうち1チームにいて狙撃を担当。彼の放った銃弾が致命傷を与えたということなのです」

レイモン氏はさらに、石油商の支援を受けていたジョンソン副大統領の関与を指摘する。そのお陰で、マックスは国外追放という形で"逃げおおせる"ことができたというのである。

「私は信憑性が高いと思う。刺激的な説であることは確かです」（仏ポワン・ド・ヴュ誌記者）■

「暗殺」で騒ぐ仏の雑誌（ポワン・ド・ヴュ誌より。上に見える写真の男がコードネーム・マックス）

モルグに収められている切り抜き記事。

れ以下でも残しておいている。人物についての記述も然りだ。独立した項目でスクラップしてあるなら、小さい記事でも埋没の可能性がないからである。

週刊誌なら一ページと書いたが、それ以下の記事でも驚くべき内容のものが見つかると、迷わずピックアップして残しておく。一九九八年の〈週刊新潮〉の記事は、フランスの〈ポワン・ド・ヴェ〉誌の要約だが、「ケネディ暗殺犯は『フランス人傭兵』」とある。三段の記事でしかない。

ここで紹介されているフランス人傭兵というのは少しばかり違う。外人部隊からアルジェリアの秘密軍事組織――OASに参加した人物で、外人部隊ではルクセンブルク人と名乗っていた。射撃が上手でド＝ゴール暗殺計画のために呼ばれ、テキサスの石油成金グループからの要請により、ケネディ暗殺計画のヒットマンとしてリクルートされた、というのが本当のストーリーである。

ときおり一見するとゴミのような記事のなかにも、こうした大事件の核心に迫るものが見出せる。決しておろそかに読んではいけない、ということがわかるだろう。

注目されるのは当時の副大統領――リンドン・ジョンソンが関与していた、との部分だ。彼は暗殺事件の直前に、愛人に対してケネディが暗殺される、と語っていた。そして暗殺犯グループが逮捕されながら、この「マックス」が取り調べなしで国外追放処分となった事実でも、政府のトップにも支援者がいたことを裏書きしている。

●一行だけの記事でも残しておこう

もし記事のなかで関心を抱いたら、たった一行だけの記述だとしても、その全体を残しておくのが望ましい。一〇年、二〇年後に注目を浴びたり、自分に何らかのかかわりを有するかもしれないからである。

最近の記事のなかでは、『讀賣新聞』の二〇一一年七月三一日付朝刊の「アジアカジノ大当たり」というものが興味深い。アジアにはマカオをはじめ、韓国、フィリピン、シンガポール、マレーシア、オーストラリアなどにカジノがある。これらのなかで突出しているのがマカオで、ラスベガスの四倍の規模に達したのだ。記事では「カジノが禁じられている中国本土からの観光客」とマカオの監察局長が説明していたが、たしかにそれも一部であろう。しかし本当のところは公金横領したり賄賂を受けた汚職官吏たちの、一大マネーロンダリングの場というのが、一頭地抜いた売上げの最大の理由となっている。

これは背景に巨大な中国という不正国家があるだけに、誰一人として疑問を抱かない記事だ。何しろ公金横領の金額が日本円で一〇〇億円という事件が、一九九〇年代後半から数件あったほどだから、金銭の管理状態に問題があるのだろう。村長クラスですらマカオで一一億円負けた、との話も確認されているのである。

私のスクラップのなかには、一〇億円台の話など枚挙のいとまがない。賭博好きの中国人の庭先に、カジノが位置しているのだから、公金を運び出す誘惑に駆られることになる。これからもときおりそうした記事が加えられることになるだろう。

いかに政治体制が変化しようと、民族性というものは一朝一夕で変わらない。そのあたりを十二分に承知していないと、せっかくの情報も正しく分析できないことが多い。また何事にも常に「本音と建前」が存在し、それはっきり把握してからでないと、物事を推進することは極めて難しい。そのあたりをこの章では読み取って欲しい。

7、情報の整理——記憶に頼るな

●一〇年後、二〇年後のための戦略的スクラップ

資料として使いやすい書籍には、目次以外にも末尾に索引があり、両方から必要な事項へたどり着けるようになっている。とりわけ主たる記述ではないものを探しやすくなっており、重宝するケースが極めて多い。

スクラップした記事のうち、モルグに入った断片的なものは、ときおりひっくりかえして眺めればよい。問題なのは主たるタイトルが全く別になっていることで、一見すると関係のないところへ分類されている、といったケースである。

そこでメインではないものの、重要性を有するのではと思われる情報に、私はメモを付しておくやり方を採ってきた。前述の「フランス人傭兵」は、たった一枚のポスト・イットという裏糊付きのメモを貼っておいたので、何年が経過してもすぐに発見できた。

もちろんモルグを含めたスクラップ全部に、改めて目を通せば見つけ出せる。ところがそれでは時間のロスがあまりにも大きい。

メインのタイトルに関係あるなら、そこからグループに到達できる。だからこれに関しての記述は無用だ。

そこでサブだけに限って一枚のメモに、気づいたものをピックアップし書きこむ。それだけの作業でよい。自分の手で分類し、そうした書きこみをした時点で、ある程度まで記憶に残るものである。

——あのときあんな記事を切り抜いたはずだが……！

それでよい。特別に印象が強く残った「フランス人傭兵」の記事のようなものは、何度も読むから「マックス」と呼ばれるその人物についてまで、私の記憶に残っていた。まあ一〇〇に二つか三つぐらいの、際立った記事だと言えよう。

ポスト・イットは最大のものを使用する。横書きで縦一五センチ強、横が一〇センチだから、かなりの量の記述が可能だ。青や黒のインクだけでは混同するので、赤とか緑をも使用してメモすれば、量が増えてきてもはっきり差別化ができてくる。

スクラップを新たに加えた時点では、まだ記憶に新しくいつでも見つけられる、という気でいる。しかしながら役に立つのは五年後とか一〇年後、はたまた二〇年後かもしれない、という想定で取り組みたい。

私がそうしたスクラップ類で一番利用まで年数を要したのは、三〇年を超えたものがあった。一九六三年――まだ学生時代にロンドンで見つけた〈ウィークリー・スコッツマン〉紙という週刊紙だ。ここで見出したイギリス陸軍のヘクター・マクドナルド少将についての記述が気になり、何年もかけて四週連続の特集記事をすべて集め、次いで関連した参考文献を求めていったのである。

このスコットランド出身の軍人は、二等兵から将軍にまで昇進したことで知られ、とりわけ一八九八年のスーダンのオムドゥールマンでの戦闘において、敵前で陣形変更を行い大勝利を得た。私が興味を抱いたのは、イギリス陸軍を去ったのち、ドイツの元帥になったという話だった。

現地を歩いて取材を重ね、一九九六年に『二人の将軍』（小学館文庫）として発表した。初めて記事に接してから実に三三年が経過していたのだ。

●情報は交通整理が勝負

警察などの死体置場――モルグとは違い、新聞や雑誌からの切り抜いた記事は、高温多湿の条件下に置かない限り、二〇年でも三〇年でも保存できる。ずっと置いておける収容スペースがあるとの前提だが――。

私はスクラップを合成樹脂製の衣裳箱のなかに「安置」しているが、これがかなり大きな収容量を有しており、まだ一箱目を使い切っていない。カラー・クリア・ホルダーに収め、色彩によって項目を一目瞭然にした。

一番奥が当然古いから、近頃のものは手前から二〇か三〇、クリア・ホルダーを引き出せばたいてい発見できる。そういったやり方でも探し出せるのである。

情報はそのように交通整理してあるかどうかが、大きな勝負になってくることが多い。必要が生じてなかなかそれが出てこないようだと、せっかくの資料が全く活用されないで終わる、とのケースも出てくるのだ。

問い合わせ――インクワイアリーがあったとき、それなら大体あのあたりにある、と見当をつけられるのが理想だろう。その程度まで整理ができていれば、即応態勢にあると考えてよい。

ビジネスに用いる場合もまた、項目の分類が大切になってくる。大見出しに相当する部分だから、それが不適切だと類似した資料が別々に分類される、という失敗が生じてしまう。そうなるとせっかく一〇の資料を持っていても、五対五とか四対六に分かれてしまい、その一方しか活用せずに終わるケースも出る。後刻それに気づき口惜しがる、ということだけは避けたい。

多くの収集資料から取捨選択した上、捨てるのなら納得できる。これまで述べてきたように、捨てて簡潔に仕上げるのも、また技術だからである。

●アメリカの情報機関が犯した失敗

私はあの9・11のときアメリカの情報を担う当局——CIAとFBIの犯した失敗は、双方に情報が分かれてしまったことと、取捨選択で間違いをやってのけたあたりだと考えている。あとは担当したメンバーの質が低かった点かもしれない。

大見出しに〈ビン＝ラディン〉と付しておき、アラブ系過激派とか自爆テロといった事柄を、すべてそこに突っこむ分類のやり方でよい。細かくすると〈アラブ過激派〉とか〈イスラム原理主義者〉は、別の一項になってしまう危険性があるからだ。

いたずらに枝葉ばかりが拡がると、肝心の樹木の幹が見えなくなる。「木を見て森を見ない」という言葉があるが、「枝葉を見て木の幹を見ない」という事態も生じてくる。

枝葉をアメリカ国内に潜入した〈イスラム原理主義者〉で、幹を〈ビン＝ラディン〉だと説明すれば、一番理解しやすいのではないか。FBIなどは枝葉だけを追っていた、との可能性が大きい。

警察を舞台にしたドラマを観ていると、捜査本部長があまりに早く焦点を絞り過ぎる、というケースを多く見かける。主人公はそれに疑問を抱いて別のところに注目、結局はその方が正しいとのパターンだ。実際の警察の捜査においても、初動捜査のミスがよく出てくる。早い段階で一つの方向に進んでゆくことは、他のすべての可能性を捨て去ることだから、どの分野においても慎重でなければならない。

ただし十二分の量の資料の分析を終えて、結論を出すときは大胆にやりたい。私が予測を求められたときは、中途半端な発表を絶対にやらないことにしてきた。曖昧な類推ならやらない方がましだからである。

●記憶力より交通整理

私は記憶力に自信があったから、若い頃よく記憶だけに頼った。大半の事柄がそれでよかったが、やはり五パーセント前後、他の記憶との混同とか数字の勘違いが出た。

そのため完全に自信がなかったり、少し旧聞に属する出来事については、裏付けをしっかりとるようにした。これはやはり年齢を追うごとに必要だと感じている。

もちろん現在でもどこに何が収納してあるか、ということについての間違いはない。机や椅子の周辺は雑然としているが、探し物に長く時間をかけないのが常だ。けれど情報の整理については、記憶に頼るのを決して勧めない。やはり交通整理をし見出しを付ける、とのやり方が最良だと考える。

時間が経過すると記憶は少しずつ曖昧になってゆく。スクラップした時点では、記憶に鮮やかだからすぐにたどり着ける。ところが三年五年、そして一〇年すると、過去の出来事は平板化してしまう。

だからなるべく早い時点で、見出しを付しておきたい。そうすればファイルを目にするごとに、位置を再確認できるのである。

●迅速なアクセスこそ力

同様の類いのスクラップは、可能なら同一の見出しを付けておくと、より発見しやすくなるだろう。大きなグループほどより目立ちやすいからにほかならない。

見出しのタイトルは単一である必要などなく、サブタイトルが二つ三つあっても何ら支障は生じないのである。むしろそれによって内容が理解しやすくなり、見つけるまでの速度が全く違ってくる。

スクラップではないが、写真だとよりはっきり内容物を示せる。私は取材旅行に出かけたとき撮影したものだけでなく、自分でコレクションした絵葉書の写真など、三〇〇〇点以上のネガやポジがある。

そこには箱や袋の上に、はっきりと何が撮れているか書き、長い期間を隔てても発見が可能にしてきた。重要な資料であればあるほど、二度目三度目と使用の頻度が高いためであった。

とりわけ重要になってくるのは、取材旅行での写真だ。もし見つからない場合でも、おいそれと再訪とゆかないためである。時間もとれないし、それに経費が莫迦にならないから、大慌てでさらに徹底して探す破目に陥ってしまう。

ポジフィルムのときは、同じテーマのものだけ一緒に纏め、決してバラバラにしない。現像所からの箱ごと保存しておく。箱の上に油性ペンで説明を加えてある。

ネガフィルムは二四枚なり三六枚が一蓮托生になっているから、紙袋の上にどんな内容か記述しておくので、こちらはより話が早いと言える。それに店へ持ってゆけばよほど大量でない限り一時間以内にできあがる。

ポジフィルムは一枚ずつ独立しているので、同じ関係のものだけ集め直す、ということができる。ところがネガフィルムは撮影するとき、最初から似たテーマで纏めて、少なくとも一本分統一させる必要がある。内容が雑多だと全く収拾がつかなくなるからだ。

私が現在一番参っているのは、映像や録画による資料である。とりわけＶＴＲだ。ＶＨＳで統一されたと思ったのも束の間、今度はそれも時代遅れになったのだから、ただ呆れるしかない。

とりわけ戦争映画はかなり持っていたものの、転居したのを契機に大半を処分した。往年の名作〈上海陸戦隊〉など、限定された作品しか手元に残さなかった。

●まとめ、そして散逸を防ぐ

技術革新と言えば聞こえはよいが、これまでのソフトがすべて使用できなくなるのだから、明治維新に遭った武士階級や札差のようなものだ。それとも藩や武士に金を貸していた商人たちだろうか。

ともかく持っていたVHS方式のVTR機器が故障したら最後、衣裳箱にこれまた満杯状態のVTR画像が、すべて役立たずと化したのである。そこで私は画像という分野を自分の資料から外した。

何か参考になるドキュメンタリー番組があった場合、メモできるよう準備を整えて、一発勝負で要点を書き残すことにしている。もう録画しておいて後刻に鑑賞し直す、との考えを捨てた。

そこでメモしたものについては、関連のスクラップのところに集結させ、ある程度の量に達するとノートを作成してゆく。いったんノートに纏め上げると、最後尾部分――書籍なら〈表3〉のところに、版型より少し小型の角封筒を添付して、散逸しそうな資料を保存できるスペースを確保する。

そのポケットは二〇代後半のとき出会った弁護士がやっていたやり方で、便利なので早速利用させてもらった。とりわけ取材旅行の取材帳は、カンガルーのポケットのような感じで、片っ端からそこに放りこんでおき、ホテルに戻って整理するという繰りかえしとなった。何しろ散逸しないことがありがたい。

ページの途中に挿入したい紙片などは、糊で直接貼付してしまうのでなく、右側のページに文具の〈透明ポケット〉に入れ、それを貼付したらよい。貼ってしまうと裏面が損われるし、別のところでの活用もやり難くなるから、その方法をぜひ勧めたい。

私も以前は無造作に貼ってしまい、裏面を確認する必要が生じたとき、難渋したことが二度や三度ではなかった。そうした経験から宣伝封筒のコレクションの整理に重宝した〈透明ポケット〉の利用を思いついたのである。

余談だがこの「宣伝封筒」とは、一八五〇年代から一九五〇年頃まで、ほぼ一世紀のあいだ流行したもので、当時の風俗や流行、それにデザインなどが参考になる。見かけるたびに欧米の切手商から購入しており、もう三〇〇種ほどのコレクションとなった。これもまたその時代を知る情報源――資料だ。

●ダイアナ妃との出会い

一九九四年一一月に、前述のヘクター・マクドナルド将軍の取材でヨーロッパを訪れたとき、私は将軍が自殺したと言われるパリのレジナ・ホテルに宿泊している。正にその部屋――一〇五号室に、一一月二六日から二九日までいた。そのときのホテルの宿泊者カードが保存されている。

そして一一月二九日朝にBA305便でロンドンに向かったが、そのボーディング・パスの裏にP. DIANAとメモが見出せる。つまりダイアナ妃と乗り合わせ、彼女が1Aで私が4Aの席だった。3Aから3Dまでは侍従と護衛が占めており、私が一般乗客（ビジネスの）として一番至近にいた。彼女と短くあいさつを交わした記憶は今でも鮮やかである。

私はこのとき彼女が病的症状を示したのに驚く。人前に自己を露出したくて仕方ない、という態度を随所に見せたのだった。そういった彼女の一連の動きが、一枚のボーディング・パスから思い出される。

これらの小さな紙片は、私の記憶の糸口となっている。通常の一日には全く浮かんでこない過去の事柄が、目にした途端にたちどころに甦ってくるからだ。それらは同時に資料でもある。

記憶は一日経過するごとに、確実に鮮度を喪失してゆく。やがて一年、五年、はたまた一〇年と時間が過ぎて全体がおぼろげとなり、やがて部分的にしか記憶の片隅に残らない。そんな段階で記憶だけ頼りに記述したり語ったら、それが間違いの始まりとなる。ミスの最大の原因は自らのうろ覚えだった、という事態を招くのだ。

8、分析能力は情報量で決定される

●必ず何かを見つけてやる!

情報というものは、原寸大で見てもあまり変わり栄えしない、ということが多い。日常見慣れた風景を眺めるのと同様、目新しさを感じないからである。

そこで「何だ、これか!」といった調子で看過してしまっては、情報の分析をやる者として落第だ。どうするかと言えば、まず凝縮して見てみる。次いで拡大——あるいは膨張させても見る。

すると原寸大でのときと何らかの相違を見出せることがある。もちろんたいていは何も発見できず、そこに潜んでいるものが何もないのを確認、というだけで終わるが——。

その場に臨む者としては、「どうせ何もないだろう」ではいけない。毎度のことであっても、「今回は何か出てくるのでは」という期待感を抱くべきだと言える。

必ず何か見つけてやると思っている者には何かの拍子に見えてしまうのだ。もちろん偶然でしかないが、気になる点をしっかり追うと、ミッドウェーのAFのようなことが起こる。二〇〇〇年九月に私がやった、「ビン＝ラディン」、「マンハッタン」、そして「ハイジャック」もその類いに入るだろう。このときの結論を導き出した手順をもう一度述べると、まずは情報をひたすら拾いまくった。かなりの量になったとき原稿を書く段階にさしかかったので、今度は贅肉を落とすように削る作業にと移った。そうした道程を経て残ったのが、前述の三語だったのだ。

つまり最初の段階は情報量である。それがあまりにも少なく、一〇〇のうち二〇か三〇では、重要な情報——幹の部分が洩れている可能性がかなり大きい。このレベルだと高度な結論に達することなどできないから、ただひたすら収集に努力してゆくのがよい。

思い切り手を拡げ、入るものすべてを呑みこむ。玉石混淆なのは承知の上で突き進んでゆく。そうして情報の量を五〇とか六〇へと増加させれば、それについての臍——すなわち中心部分が見え始める。

さらにそれが七〇とか八〇に達すると、そのなかに核心が含まれている可能性は、極めて大きいと考えてよい。その段階にさしかかると類推も容易となり、経験を積んだ者には全貌が見えてくる。

ここから先は直感力を持っている者と、そうでない者の差が歴然としてしまい、情報分析の適性にかかわるのだ。それに優れた者はこれまでも触れてきたように、捨てる技術に卓越している。あたかも魚が水中で水ごとすべて呑みこみ、プランクトンだけ巧みに胃に送りこみ、水を漉してしまうのに似ている。

そこで導き出された結論は、新聞記者の書く文章――「誰が」「いつ」「何を」「どこで」そして「どうした」で構成されねばならない。私は「ビン=ラディン」について予測させたとき、どうしても「いつ」が判然としないまま、その原稿を書き上げていた。

あのときの私の感触では、情報の量とすると四〇から五〇程度だと、おぼろげに察していたのである。だから感覚が占める要素が極めて大きかった。幸運にも的中させることができたのは、それまでの情報に接してきた経験にほかならない。

●必ず疑ってフィルターにかけよ

情報が入ってきた場合、それが自分に都合がよく利用価値が高いほど、まずやることは疑ってフィルターにかけることだ。そうしておかないと最終段階で「ガセネタ」とわかったとき、被る傷手はとてつもなく大きい。

民主党がまだ野党のとき、「偽メール」事件が発生した。一人の若手議員はそれに迷わず飛び付き、政権を崩壊させる絶好の機会とばかり、党代表のところへ持ちこむ。このとき軽率にも代表まで欺かれて、本物と信じ本気で倒閣に動き出してしまった。

内容を落ち着いてチェックしてゆけば、大のおとなが二人とも乗ってしまう、というレベルのものではない。ところが裏をとることをせず、鬼の首をとったようにアクションを起こしたから、彼らは政界の笑い者となったのである。若手議員は議員辞職し、のちに自殺で幕引きとしている。そして優れた資質の持ち主と言われた代表は、その職を辞して終わった。

情報戦はすなわち謀略戦だ。千載一遇の好機を告げているような情報は、誰かが意図的に流したものと考えねばならない。頭からそんなものが存在するわけがないと疑い、念のため誰かにチェックさせるのが常識であろう。

それをロクに疑いもせず政局に利用を考えた、京大出身の代表の頭の中味に私は逆に感心した。学生レベルの思考回路だから言葉を喪ったのである。

●国際的謀略に要注意

国際的な謀略はもっと手が込んでいるから、それに出会したら彼らは一も二もなく欺かれ、国家を売ってしまうだろうと肌寒くなった。一例としてヒトラーがスターリンに仕掛けた、世紀の大謀略を紹介しておきたい。

一九三〇年代のドイツは、ベルサイユ条約の制約により軍備を制限されており、空軍の操縦士養成すら思うにまかせなかった。このときソ連の独裁者――スターリンは、訓練の場を提供することとなる。三三年に政権を握ったヒトラーは、そうしたモスクワに接近を続け、コンカースJu-87急降下爆撃機、それに八八ミリ高射砲など最新兵器を輸出した。また独ソ不可侵条約を結ぶ。

ところが諜報戦の面では秘かに工作を進めてゆき、トゥハチエフスキー元帥以下赤軍将校三万が、反スターリンのクーデターを計画、という架空の陰謀をでっち上げた。それが明るみに出て驚いたスターリンは、全く無実の元帥以下三万の将校を処刑してしまった。

これはいかにドイツの諜報網が完璧な証拠をソ連軍内部に残したかを物語っている。この謀略の右に出る規模のものは、歴史上全くお目にかかっていない。

ここでもう一つ注目されるのは、スターリンとその配下のソ連諜報機関が、全く分析能力を有していなかったことである。一般的な常識から考えると、将校たちが五〇人とか一〇〇人の規模で徒党を組んだ場合、必ず恐ろしくなり脱落する者が出てくる点だ。ましてや三万ともなれば一パーセント――三〇〇人は疑心暗鬼に陥る者が少なくともいる。

ところがそれまで一人として、「恐ろしくなった」と名乗り出てくる者がいない。そのあたりを疑ってかかる必要があった。また中心人物の何人かについて、尾行をつけるなりして動向を探る、ということもしなかった。

つまり独裁的権力を握りながら、小心だったスターリンがパニック状態に陥り、明日にもクーデターがあると錯覚、鎮圧を急いだのが真相であろう。同時にスターリンは軍の一線部隊の指揮官たちのあいだに、何ら情報網を有していなかったことにもなる。お粗末な顛末と言えた。

質の高い情報将校は、欠け目だらけのジグソー・パズルを眺め、空白部分を想像することに長じている。完成品がそれに近い状態のものなら、誰もが全貌を語れるからだ。

空白部分が多い絵が何だか推測するには、その分野の深い知識を必要とされる。バックグラウンドを理解することなしに、白地の部分を想像できないためである。

ロシア革命から二〇年ほど経過していたが、優れた諜報将校――情報将校は、まだソ連に育っていなかったに違いない。とりわけスターリンの周辺にいなかったのを物語っているのだ。

●情報のエッセンスだけを残せ

これまで情報分析には、収集した大量の情報をいかに捨てるかだと、繰りかえし強調してきた。それによってエッセンスだけを残し、分析対象を少なくするためである。

もし項目が一〇〇とか九〇といったように、多数が残ってしまったら最後、またそこから再度新たに基準を決めた上で、より大胆に分析を進めてゆく。

このとき分析者が複数いれば、複数の項目が最終的に残ってくる。もし三人いて三項目が残ったら、それらを相談して一つに絞ってしまってはならない。上層部への報告は複数で構わないのだ。

下手に相談して一つに絞ると、多くの場合、落ちたなかに重要なものが含まれている。報告を受けた上層部は彼らを呼び、選んだ理由を説明させた上で、それらの情報を価値判断すればよい。

分析者が一人の場合でも、どうしても必要と考えるなら、一つか二つに絞りこませなくとも問題ない。五項目か六項目を上層部に届け、そこで判断を仰げばよいだろう。

下から「これしかありません」と言って上げてきた報告は、私の経験からすると大体が外れていた。そうでなければ微妙に核心部分が相違し役立たなかった。

十分な情報量を与えていても、取捨選択のところで価値判断に誤り、優先順位の低いものを選んでくる者がある。これなどは完全に適性の問題と言えた。こうした者は何かしら先入観を持った人間だから、上に立つ者は事前に気づいて、何かの機会に外してしまわねばならない。

勝負どころでエラーをされてはかなわないから、どうにかして早い段階で部下たちを見極めておく必要が生じる。然るべき人間が「あれは使える！」と太鼓判を捺しても、自分の下で実力どおり働いてくれるかどうか、その保証など全くないのだ。

●情報分析者に必要な「動」と「静」

メジャー・リーグでイチロー選手の所属するシアトル・マリナーズは、毎年のように大金を投じて他球団で活躍する選手を獲得してきた。ところが誰一人として投下資金にふさわしい働きをした者がいない。三割三〇本塁打のバッターが、二割一〇本という考えられない低調な成績で終わり、二年ぐらいしてチームを去ってゆく。あまりに誰も彼もなので、近年のメジャー・リーグの七不思議だろう。

そういったことが情報分析の分野にもある。他の部門で抜群の評価を受けていても、情報部門に引き抜いたら全く役に立たない、というケースが珍しくないのだ。打てば三振、守ればエラーだから、「何だ、こいつは！」となってしまう。

やがて情報分析に適したのが、「静」の部類だけの人間では駄目だ、ということがわかってきた。「動」の部分をも兼ね備えた人間が、この分野に適しているのである。

スポーツは観戦するのでなく、自分でも汗をかくタイプという要素が、不可欠なのがわかったのだ。こうした行動的な人物は、フィールドワークに出ることも厭わないので、実地踏査にもどんどん赴く。

それに加えて「静」の部分もまた、分析が業務である以上、重要な要素と言える。もちろん「動」だけでは務まらないのは言うまでもない。趣味に一例を挙げるなら「切手蒐集」とあったら、極めて興味深いだろう。何故ならこれを本格的にやれる者は、基本的に「分析者」の資質を具備していると考えてよい。

つまり切手を研究するタイプの人間は、一枚の切手やバラエティや切手付封筒（切手のない郵送されたカバーもある）の背後にある事柄を、自らの知識とフィールドワークでもって、掘

大流行した宣伝封筒――北西剝製術学校の素晴らしいカバー。

り下げてゆかねばならないためである。それぞれが参考文献を駆使し、自分の人脈の切手商と接触して情報を入手、あるいは余暇に関連した土地を旅することで、研究範囲を充実させているのだ。

一枚の切手や郵送された封筒には、それぞれ裏の貌を持っていたり、興味深い歴史を持っていると考えてよい。コレクターはそうした隠れた価値を見出すことにも、大きな喜びを感じる。どこが情報分析に似ていると思えないだろうか――。

●コレクションの世界も同様だ

私はこの項のタイトルを「分析能力は情報量で決定される」としている。これが一番如実になっているのは、趣味ではコレクションの世界である。

いくら高価で珍しいものでも、一点や二点ではコレクションと言えない。やはりある程度の量を集めることによって、底辺の拡がりを有すべきなのだ。

そうすると自然にいろいろなデータに気づく。

宣伝封筒――会社が自社製品や本社工場を通信の封筒に描いたものは、一八五〇年後半から一九五〇年頃にかけて、盛んに用いられていた。過去二〇年ほどにわたり、私もこの分野を切手研究の一端として蒐集し、三〇〇種ほどを持つ。するとアメリカの宣伝封筒はカラフルなものが多く、ヨーロッパではセピアなど単色が多い、ということがはっきりわかってきた。二〇世紀がアメリカの世紀だったのを、この分野でも一目瞭然に知らしめていることがわかる。

ここでは企業の宣伝が重要な要素なので、優秀なデザイナーに描かせたのだろう。思わず感心する出来栄えのものが少なくない。そうした宣伝封筒は手にするとしばし、見惚れてしまうのである。

一九世紀末から二〇世紀初頭にかけ、同じく流行したのは絵葉書のコレクションであった。このため世界の大都市や観光地などは、競って都市の景観などを描くシリーズを登場させている。私はパリに行くたびに骨董屋などを歩き、パリと仏領インドシナのものを一〇枚二〇枚と買い足していった。そうしているうちに一五年か二〇年ぐらい経過すると、二〇〇枚から三〇〇枚ぐらい纏まってくる。

私はこの数字が絵葉書などのコレクションと呼べる、一つの単位だと考えてきた。そして大きな情報となる。すなわちパリは街並が現在とさして変化していないのがわかるし、仏領インドシナもまた主要な歴史的建築物がほとんど残っている、という事実を知ることができるのだ。

これは他の人にとって単なるコレクションかもしれないが、私にとっては重要な現地の情報である。それだけの枚数が集まると、テーマによって分析が可能となってくる。フィールドワークの不可能だった土地の地形が、一枚の絵葉書からはっきりわかった、ということも二度や三度ではない。ベトナム北部のランソンやラオカイなどがそれで、地図だけ参考に用いて推測で書かずにすんだ。

一般的にも大量の資料があると、そこから統計を使用して傾向を見ることで、何らかの結論を導き出せるケースが多い。また直線的に一つの資料を注目、それを調べて隠れた重大な事実にたどり着く、ということもあるだろう。

よく見かけるのは三つか四つの事柄を調べ上げ、それを分析して一つの結論を得ようという輩だ。けれどこれではいかにも分母――調査対象が少なく、正確な分析結果を導き出せるわけがない。やはり三桁――一〇〇からの単位からの抽出が望ましい。もちろん緊急を要する場合や、物理的に不可能な場合は別だが、このときは類推能力が勝負の決め手となってくる。

第2部　知恵

9、先見の明はいかに発揮されるか

●先手必勝

社会で起こる多くの画期的成功を収めた事柄は、それが世間に知れると「あんなことが」で終わる。たいていが想定の範囲内なのである。

しかしながらその事柄を前もって自らが実施するとなると、思いつかなかったり実行に移せなかったりで、ただ漠然と見送ってしまっている。なかには面白そうだと興味を抱いても、自分でやる場合には踏み切れないものなのだ。

株式市場でよく語られる話だが、私鉄沿線の郊外の証券会社支店に、買物途中の主婦が現れ始めたら、それがそのときの証券ブームのピークという。そうした層まで動いてしまうと、もうその先に客はいないということになる。

一九二九年のウォール街の大暴落に際しては、ジョン・F・ケネディの父——ジョゼフが靴磨きの男から株を話題とされ、潮時を察し買いから一転売りに転じ、破産の危機を免れた。それから先にカモはいない、と判断したのであろう。この例から見ても情報はどこにでも転がっていることがわかる。

つまり物事はすべて、先陣を切らなければ意味がない、ということなのである。後続のグループに入ったり、何かと後手を踏んでいては、勝者の道を歩けないのを物語っている、と言えよう。

一例を挙げるなら企業の中国への進出、という問題がある。成長著しいと伝えられる中国大陸へ進出し、ビジネス・チャンスを見出そうというわけだ。二〇一一年の東日本大震災後、日本でも電力不足などが現実の問題となり、これを機に中国への進出を企てるのだから、たいていの人が見ると積極策になる。

しかしながら中国への進出は、二〇〇九年から一〇年にかけてピークが終了し、これからは電力不足や求人難が現実になってくる。とりわけ二〇一一年の高速鉄道事故を境に、この国の内政事情が大きく変わると考えてよい。没落の始まりである。

ジョン・F・ケネディの父親、ジョゼフ・ケネディ――あらゆる手段を用いて金儲けした。

中国大陸では清朝末期に、鉄道が各地において雨後の筍のごとく建設された。そのための鉄道債券や鉄道会社の株券は、今日も数多く目にできるほどだ。このとき政府は国有鉄道を整備しようと、私鉄民間会社の買収にと強引な手段で動き始め、それが清朝政府崩壊の原因の一つとなった。一九一一年のことだった。

それから奇しくも一〇〇年を経た二〇一一年に、中国は日本など鉄道の先進国の技術を盗み、高速鉄道や新幹線の整備を急いでいるさなか、温州での大事故をやってのけた。車両などは猿真似したものの、管制など運行の技術と経験までは、真似できなかったのだろう。中国政府の安全や人命の軽視もそれに拍車をかけたと言ってよい。

ここで注目すべきは、新聞や電視――テレビでの批判だけでなく、唯一自由に意見を述べられる微博――ツイッターである。共産党政府への反感が渦巻いているのだ。もしこれを閉鎖させたりしたら、第二の天安門事件が起こると考えられる。また微博を放置したとしても、いかに共産党政府が悪辣かを広く一般に広めてゆく。つまり北京はどちらを選択しても、不利に進むことに間違いない。

つまり二〇二〇年に向かって、もはや奇跡の経済成長が続く可能性が、急速に失われてゆくと考えてよい。そんなところに日本の企業が新たに進出したら、政権崩壊の混乱下に遭遇し二進も三進もゆかず、投資を回収どころかすべて捨てて撤退という事態を招くだろう。進出の機会はもう終わったと思われる。

私が中国が危険だと主張してきた理由は、これまでの述べてきた以外にも数多く存在している。すなわち、

第一に、軍備への過大な支出が、将来国家の重い負担となり、軍部は対外戦争の誘惑に駆られる。

第二に、紙幣を刷りまくる経済政策が、既にインフレーションの傾向を生み、豚肉の価格の年率五〇パーセントの上昇——民衆の不満の温床となってきている。

第三に、ルールのない経済発展で重大な公害が進み、河川や湖沼のみならず農地の汚染を招き、次の世代への影響が深刻である。

第四に、長江の三峡ダムが崩壊の危険性を有しており、発生した場合に流域の一億人に被害が及ぶ。

第五に、江沢民の反日教育を受けた三億人の中国人が、経済と政治の混乱の生じたとき、どういった反応を在留邦人に加えるか？

第六に、異民族——少数民族への弾圧が、北京や上海など大都市でのテロに発展する。これを恐れた政府は軍隊の規模を減らしてまで、武装警察——人民弾圧軍を強化してきている。

といったあたりからも、中国の危険が読みとれるだろう。年間に参加者一〇〇人以上の暴動が一二万件——月に一万件という状況が、この国では過去五年以上にわたって続いてきた。それを忘れてはならないのだ。

ここでは中国を例に挙げたが、これまでの情勢分析は楽観論を述べる北京の手先のような者以外、すべて常識となっていることである。先見の明のある企業は、もはやリスクばかり大きなこの国を避けて通っている。

●ブームやバブルはハードランディングさせてはならない

先見の明を発揮するには、近未来の展望を含めての考察となるから、それこそ知恵を絞って予測せねばならない。ここでこうした施策を打った場合、どのような影響を後世に及ぼすか、という勝負になるからである。

昭和三三（一九五八）年の話だ。この頃の日本には前年ぐらいから空前の切手ブームが訪れており、発行される特殊切手（記念切手など）はすべて、発行直後に売り切れてしまった。八〇〇万枚という少なくない発行数の切手が、あっという間に姿を消すのであるから、新聞などは競って書き立てた。

とりわけこの年の四月二〇日に発行された切手趣味週間の〈雨傘美人〉は、東京駅前の中央郵便局の周囲を二周という長蛇の列ができた。一〇円額面で一〇枚一シートが、直後に何倍ものプレミアムが付いて売買され、それが有識者と言われる連中の批判を呼んだ。

煽り立てていたマスコミは、今度は一転してその尻馬に乗って、郵政省を叩き始めたのである。そうした逆風にすぐ屈する役人たちは、なんとあと一七〇〇万枚——合計二五〇〇万枚という増刷を決め、この大ブームに冷や水を浴びせてしまった。

投機家たちが撤収してしまえば、もうそこまでであった。たちまち業者間の取引値は額面割れを起こし、額面まで回復するのにかなりの年月を要した。

もしこのとき郵政省の役人に、少し気の利いたのがいたら、あと二〇〇万枚ぐらい増刷して幕引きとしただろう。そうしておけば凄まじいハードランディングは起こらず、依然として投資対象の一つとなり、発行のたび売り切れの状態が続いたはずだ。

それなら投機まではゆかず、「小さな単位の投下資金でやれる庶民の投資対象」、といった地位を保てたと思われる。長く持っていると資産価値が上がる、とのコレクションの対象はあって然るべきである。

鳥居清長が描いた、通称「雨傘美人」10円切手は、社会問題になってしまった。

冷水を浴びせられた「記念切手」は、もう二度と注目を集めることもなく、元の発行数に戻っても売れ残りが相次いだのだった。あたかも二〇年三〇年と在庫が残る、一時期のアメリカの記念切手を思い起こさせた。

ブームとかバブルは決してハードランディングさせてはならない。一九八〇年代後半のバブル景気のとき、日銀総裁の三重野某という莫迦者がやったのが、よりによってハードランディングであった。これによって日本経済は大打撃を被り、橋本某という首相が景気刺激策より財政再建を優先したため、まだ現在も水面下で浮上できない様相を呈している。

これらに共通するのは、全く先を見通していないことだろう。郵政省の役人たちはその場凌ぎで、二〇年先や三〇年先の切手コレクターなど眼中になかった。もし一枚の一〇円切手が一〇年後二〇年後に、五〇〇円とか一〇〇〇円になっていたとしたら、そのコレクターあるいは投資家はずっと新発行切手を買い続ける。けれどいつまでも額面近辺なら、誰一人として買いこんだりしない。

バブル景気の下では経済規模が拡大しているから、税収の面でも大きく伸長し、赤字国債など発行の必要が見られない。もしそれを是正するつもりなら、税収の大幅減少——歳入不足を覚悟する必要が出てくる。そこまで日銀総裁と理事たちは考えて、バブル退治に踏み切ったのだろうか?

●二人のお粗末な総理

私はその直後に書いた本で、「ハードランディングをやった三重野は処刑」と述べた。この考えは今でも変わらない。この男とその一味の仕業の余波で、サラリーマンの小遣い銭が半減したのだから、同調してくれる人は多いと思う。

近年の政治家たち――とりわけ首相たちを見ていると、「先見の明」とは程遠い者ばかりが目立つ。スタンドプレーや場当たり的発言の連続である。前後の見境なくとんでもないことを言い出すから、周辺は火消しで大変だろう。

鳩山由紀夫という人物は、国際会議でとんでもない約束をしたと思うと、日米関係を滅茶苦茶にしてしまい、収拾がつかなくなると逃げ出した。六〇歳を過ぎて月に一五〇〇万円の「こども手当」を母からもらい、引退を発表したかと思えばすぐ取り消す。あまりにお粗末な思考回路に、私の周辺で「東大にも金銭での裏口入学があるの？」と言い出す者が出た。

菅直人という人物は、指導者としての訓練が足りないとこうなる、との典型である。「市民運動屋」の出自だから、一番首相の地位に就けたくなかった。何の見通しもなくスタンドプレー的発言を繰りかえし、詐欺師ばりの台詞で地位を保つ。もっとも欺かれたのがルーピー・鳩山だから、あの手口は他の人間には通じなかったと思う。

私はこの二人が日本の憲政史上、最下位を争う首相だと見なしているが、ともかくやることなすこと裏目に出るという、珍しい運の持ち主だ。どちらも揃って大学の工学部出身だから、この調子だと「理工科系は首相に不向き」という説も出てくるだろう。

だがそれは明らかな誤りである。ナポレオン・ボナパルトは陸軍幼年学校で数学の分野において、幾何学賞、代数賞、三角法賞を三年連続して受けた。砲兵コースだから理工科系だった。

フランスの10,000フラン紙幣（1956～58年）に描かれたナポレオン・ボナパルト将軍。

一九七〇年代のフランス大統領――ジスカールデスタンは、フランスのエリート校エコール・ポリテクニク出身で、政治家としても優れていた。とりわけ数字に強いことが知られ、答弁の数字は正確そのもので、フランス国民を驚かせた。

そのような例があるわけだから、日本の二人がお粗末過ぎると言える。比較の対照とはならないのだ。

それでは低い学歴――ロクに教育を受けてない人たちのなかで、「先見の明」を発揮した人物を探してみよう。

●「先見の明」の達人たち

元王朝を撃破して明朝の始祖となった朱元璋は、極貧のなかに身を起こしており、農奴的小作人――佃戸出身というのが特筆される。両親を早く喪っているので教育はまともに受けていない。紅巾の乱に参加したのが幸運の始まりで、実権を握ると集慶路（南京）に進み「明」を建国した。つまり本人の資質だけでのし上がったと言えよう。

朱元璋は洪武帝として即位、宰相を廃して自らが独裁権力を握っている。先を見通すことに優れ卓越した資質の持ち主であったが、後継者問題だけは孫の建文帝に譲位する決定を下し、のちに洪武帝の子の一人――永楽帝が叛いて帝位を奪取してしまった。為政者として優れた才能を発揮した彼も、この問題だけは崩御後とあってどうもできなかった。

木下藤吉郎――羽柴秀吉――豊臣秀吉もまた、下層階級の出身でまともな教育を受けていない。そのため天下人となってからも、書状は平仮名だらけであった。それでありながら人を懐柔することが上手く、気難しい織田信長まで「猿は別格」と思わせた。

抜群の知恵者であったらしく、墨俣城の建設に際して上流から組み立て方式――プレハブの資材を流し、敵前で素早く組み立て築城したことすらあった。備中高松城で信長遭難の報を受けて以後、山崎合戦と賤ヶ嶽合戦での大胆な兵力の移動などは、「見事」との一言に尽きる。しかしながら天下統一して以後は、守りに入って昔日の冴えはなかった。

児玉源太郎もまた知恵者として知られるが、幼少時は父と姉の婿が不運な死を遂げ、赤貧のなかで育っていった。このため家人から教育を受ける程度で、低学歴の部類に入っ

明朝創始者の朱元璋（洪武帝）の肖像を描く台湾の4元切手。

てしまう。けれど家名を回復してからは、下士官を経て出世を続け、とりわけ神風連の乱と西南戦争の熊本籠城戦で名を上げた。

台湾総督として文官の適性を発揮、植民地統治にも多大の成果を上げている。また大臣になりながら二階級下の参謀本部次長を喜んで受けるなど、常に自分が国家のなかで何をなすべきか、見事なまでに先を読んで行動した。日露戦争では満洲軍総参謀長として戦争指導に当たりながら、早期講和を推し進めていたことはあまりにも有名である。「先見の明」という点にかけては、児玉大将が一頭地を抜いていた。

人材に関する情報力も優れており、東北の医師だった後藤新平を見出し、日清戦争の帰還将兵の検疫責任者に抜擢している。さらには台湾でもこの人物を十二分に活かしたのだ。

大正から昭和にかけて実業界で活躍した松下幸之助は、これまた低学歴の代表的人物であったが、町工場を着実に育て上げた戦略のたしかさは特筆される。国家予算の五割以上を軍事費が占めると、自社製品の軍への納入を果たすなど、何しろ着眼点が卓越していたのである。そしてここでも情報を入手するが早いか、すかさず軍に食いこんだ点が特筆される。

先見の明という点では、決して先駆者――フォアランナーにならないあたりにも、彼の戦略が見てとれる。他者が目処をつけてからおもむろに乗り出すことから、松下電器ならぬ「真似した電器」と陰口をきかれたが、それもまた戦法の一つだと言えるだろう。政治家養成機関として松下政経塾を発足させ、これまで多数の国会議員を輩出しているが、評価は日光の手前

――「いまいち」というところだ。

叩き上げの人物となれば、やはり田中角栄を除いて語れない。戦後の混乱期に建築業界に目をつけた着眼点、それに政界への進出のタイミングは、戦略的に文句のつけどころがないのである。この人物は信濃川河川敷事件などでもわかるように、金銭に関して天性の嗅覚を有していた。だが集めたものは子分たちにバラ撒いた点が、政治資金で自分名義の不動産を買う小沢一郎との相違点だろう。

低学歴ながら大蔵省の官僚たちまで影響を及ぼしたあたりは、いかに人間的魅力とリーダーシップが伴っていたか、如実に示しているのだ。もちろんそこから得られる情報の価値は、測り知れないものがあった。残念ながら次の世代には、この人物の優れたＤＮＡは継承されなかった。

例としてこれらの人たちを挙げたが、すべてに共通しているのは逆境を克服し、自らの時代を築いた点である。決して運だけで地位を得たのではない。そうしたなかで持って生まれた「先見性」という要素を鍛え上げ、他から抜きん出た存在となっていった。

彼らに共通しているのは、高い学歴を与えられずに世間に放り出された、ということだ。朱元璋などは当初、ロクに字も読めなかったであろう。けれど途中から努力を重ねて人並みの教養を身に付け、堂々たる皇帝にと成長した。

農民の反政府運動から出発した紅巾の乱だが、朱元璋は戦いのさなかにそれだけでは不足だと判断し、出身地の地主――李善長らを呼び入れている。この優れた決断により乱は勢いを増し、元の打倒に成功したのであった。単なる農民運動から漢民族を挙げての闘争にと、質的転換を遂げたのである。

秀吉の軍事的才覚――先見性は、戦いの展開を読めたことにあったと考える。備中高松から姫路、木之元から大垣そして木之元という二度の大返しは、戦場の嗅覚以外の何物でもないのだ。

敵将――明智光秀と柴田勝家の性格から類推し、敵軍の動きは一気呵成に出てこないと見通し、戦いを進めていたのがよくわかる。これは分析能力によるところも大だった。

児玉源太郎は一時的に乃木希典の指揮権をとり上げ、一週間で二〇三高地を奪取している。四ヶ月以上現地にいた第3軍首脳が見抜けなかった敵軍の防備の特徴を、素早く見抜いてしまったことにほかならない。二人の大将の資質の差は歴然としていた。

「先見性」はいつの世にも、そしてあらゆる分野において、必要とされるものである。もしそれが自分に欠如していたら、優れた能力を見出した部下を持つことで、しっかりとカバーすればよい。そうした認識のない限り、ビジネスの世界での成功は覚束ない。

10、唯我独尊タイプのリーダーの功罪

●信長がもし用心深かったら

「天上天下唯我独尊」は、釈迦が生まれたとき口にした言葉らしいが、一般の人間がこれで人生を通そうとしたら、いろいろ問題が生じてくる。まあすぐに他人と衝突してしまい、失脚させられるのがオチだろう。

しかしながら学業の成績が、抜群に優秀で、社会に出てからもすべてに卓越している、といった人物はときおり存在する。歴史上を遡ってみても、ときおり大秀才というものを目にできるのだ。そうした者はたいてい権力を手にすると、「唯我独尊」にと変化してゆくのが常と言えよう。

織田信長などは今日に残る肖像画からも、聡明そのものという人相の持ち主であり、戦略的な配慮もまた素晴らしい。鉄砲に早くから着目した点、上洛の時機、敵を攻める手順など、ど

れもそれ以前の武将たちと較べ卓越したセンスが見られる。

　私が信長について感心しているのは、長篠合戦に勝ってから武田勝頼に引導を渡すまで、七年という準備期間を設けた点である。普通なら一年か二年のうちに王手をかけるが、そこをじっくり構えて敵の様子を窺い、攻勢をかけると一気に滅亡させてしまった。このあたりに手際の鮮やかさを見ることができる。

　しかしながら「唯我独尊」タイプだから、部下への配慮といったことに気をかけず、明智光秀という人一倍プライドの高い男を、これでもかとばかり苛めまくった。ついには丹波など領地すべてを召し上げ、新たに与えた領地は敵国という仕打ちをしたのだ。

　信長は自信家だから京へ七〇人ほどの手勢で入るという、ここでもミスをやってのけている。当初の宿泊予定は東山の知恩院だったが、中心部から遠く不便との理由で本能寺にと変えた。前者は山を背にしているため、完全な包囲は難しい条件下にあった。

　独裁的権力を握った人間は、いつの世にも謀叛――暗殺の標的となる。このため特定の場所への訪問や旅については、スケジュールを知られてはならない。アドルフ・ヒトラーなどは予定より三〇分早く会場に到着し、そのまま演説を始めてしまい、三〇分早く移動するといったことが、ほとんど日常茶飯事だったのである。そうして時限爆弾を避けていた。

　そのような用心深さが信長にあったら、やはり二〇〇とか三〇〇の手勢と行動しただろう。それだけいれば一割ほどで一ヶ所を突破、夜陰に乗じ脱出路を拓けたと思われる。宿泊先も知恩院にしていたに違いない。

一六世紀の後期に入りかけた頃、信長のような天才が出現したことに驚きを感じる。安土の城下町を商業都市化するため、楽市楽座を開くなど実に視野が広い。だが、それだけに危険もまた付随した。すなわち商業重視の一端としてのカトリックに門戸を開いた問題が、火種として日本に残ってしまったからであった。

●あなたがもし石田三成だったら

石田三成は豊臣政権の官僚の筆頭として、武将たちの全盛時代に終止符を打つ役割を有した。豊臣秀吉のもくろむ長期安定政権の要だったのである。

秀吉に認められたのが坊主見習いの時代で、所望され用意した三杯の茶への配慮からという、文字どおり茶坊主が出発点だった。次第に地位が確立されるにつれ、上に弱く下に強い官僚の典型となり、頭脳の冴えを駆使して武将たちの上に立った。

このため秀吉恩顧の武将たちから憎まれ、伏見で危うく暗殺されかかっている。皮肉にもそのとき彼が死んでいたら、福島正則、黒田長政、池田輝政などの武将たちは、徳川陣営に参加しなかっただろう。また朝鮮出兵の際に三成から厳しい査定を受けた、小早川秀秋の裏切りもありえなかった。

本来は官僚の三成も関ヶ原では軍勢を率いたが、徳川勢を合渡《ごうど》の渡しで迎撃しようとした際、臆病風に吹かれて勝手に戦場離脱——敵前逃亡してしまう始末であった。これですっかり島津義弘から呆れられた。

ところが軍議を開くと三成はまたもしゃしゃり出て、しかも自分の一部将——島左近を、武将たちと同列で席に就かせた。さらには義弘や宇喜多秀家から出た夜襲案を、自らの一存で却下してしまった。

もし夜襲を実施していたとすると、到着直後の東軍は地理不案内もあり、大混乱に陥った公算が極めて大きい。かくして総大将の毛利輝元の不在につけこみ、三成は軍議まで仕切って勝機を逃したのである。

このとき西軍で誰か一人、三成を斬っていたらここでも歴史は変わった。また「貴公は文官だから」と彼の意見を制し、西軍副大将の秀家に指揮権を委ねていたら、前述の夜襲が実施されていたのだ。

三成という人物はたしかに官僚として超一流の能力を有した。しかしその一頭地抜いた能力が災いし、あまりにも理解者——味方が少なかった。豊臣家の内部での支持者を増やすことにも関心がなく、淀の方の信頼さえあればというやり方を終始貫く。能吏だが「知恵」で徳川家康に敗北したと言えよう。

私が三成の立場にいたら、大垣城内の軍議で秀家を現地軍総大将に任じ、義弘を副将として自らは監軍にと退いたであろう。そうすることにより、西軍は戦う集団にと変身したと信じられる。

関ヶ原合戦の前夜、東軍が突然として中山道を西へと進み始めた。自らの居城——佐和山城（彦根）が危ないと慌てて三成は、全軍を遠回りになる伊勢街道から関ヶ原へと行軍させ、周章狼狽の醜態を示した。このあたりを見ても、落ち着き払って事態に対応する、優れた武将ではなかったのである。

●学校秀才は社会では役に立たない

日露戦争の満洲軍総司令部——その主任作戦参謀の松川敏胤少将は、陸軍士官学校第5期の首席卒業者だ。しかも陸軍大学校第3期卒業に際しては、恩賜の軍刀を下賜された秀才であった。

当然のように参謀畑を歩み、同期の者が中佐の頃、彼だけは既に大佐の地位にある。そして誰よりも早く少将となった。

松川は満洲軍総司令部において、総参謀長の児玉源太郎大将の下におり、その主たる作戦をすべて立案していた。彼は「沙河の対陣」と呼ばれる膠着状態に入ったとき、ロシア軍の厳冬期の大攻撃はない、といった先入観にとりつかれた。それを満洲軍総司令部の考えとして、各軍や師団の参謀長に伝えていたからたまらない。明治三八（一九〇五）年一月二五日からのロシア第2軍の総攻撃に、すべてが後手後手にと回り、たちまち苦戦に陥ったのである。

この黒溝台会戦は、立見尚文中将の第8師団と秋山好古少将の騎兵第1旅団の奮戦により、辛うじて戦線を維持できた。それほど際どい戦闘展開となったのだ。もしロシア満洲軍司令官のアレクセイ・クロパトキン大将が、この攻撃に呼応して第1軍を投入していたら、日本軍の戦線は突破されてしまったであろう。

学業に秀でた松川のような秀才タイプは、いったん確信を抱くと思いこみも強く、自らの見立てに絶対の自信を持ってしまう。それが日露戦争での日本軍最大の危機を招いたのだった。

その松川と似たタイプの昭和の参謀将校が富山の山奥の炭焼きの息子——ノモンハンやガダルカナルで知られるあの辻政信なのであった。幼少時より神童の噂が高く、陸軍幼年学校から陸軍大学校まで、軍人として純粋培養された人物と見なしてよい。実戦では昭和七（一九三二）年の第一次上海事変に従軍、戦闘中に負傷している。

やがて参謀となった辻は、関東軍で服部卓四郎中佐とコンビを組み、ノモンハンでソ連軍と戦うこととなる。二人は敵の歩兵の自動車化を軽く見ていたが、とんでもない速度での兵力集中に驚かされた。また独創性の全くない彼らの立案した作戦は、敵将ゲオルギイ・ジューコフ中将に、

「上級将校は発想が貧困で質が低劣——」

と、酷評されてしまったのである。

それもそのはず、ハルハ河を渡って迂回し敵の側背に出る、といった程度の作戦だったから

だ。しかも戦略レベルでの兵力の逐次投入、という最大の失敗まで犯した。

私はこのノモンハンでの戦闘について、『分析日本戦史』（学研M文庫）で論評している。それを紹介してみたい。

戦車を渡せないような架橋しかできないのに、戦車を協同させる渡河迂回作戦を立案した、関東軍参謀たちの頭脳のほどが疑われる。ところが彼ら――服部中佐や辻少佐は、陸軍幼年学校から陸軍士官学校、更には陸軍大学校というエリート・コースを、すべてトップで通過していた、つまり大秀才である。

しかしながらそこに盲点が存在していた。学校秀才がいかに社会で役に立たないか、誰しもが過去に幾人もの例を目にしているだろう。そういった頭でっかちの組織が、日本陸軍の参謀本部――参謀たちだった。そこには自己過信が根強く存在し、自分たちの立案した作戦こそベスト、という思い上がりであった。

●「唯我独尊」の軍人一家

ここで書いたことを、私は確信を持っている。ジューコフはのちに陸軍元帥に列せられ、第二次世界大戦のソ連最大の英雄となった人物だ。国防相にも任ぜられたが、同じ国防相でも一九七〇年代のグレチコあたりと違い、頭の切れる真の軍人と見なしてよい。

彼はさらに、「日本軍の高射砲や戦闘機などはよく訓練されており、歩兵も接近戦に強く死を恐れなかった」、とも客観的見解を述べている。空中戦でソ連軍が一方的に惨敗し、また白兵戦でも圧倒された事実を認めていたのである。

「発想が貧困で質が低劣」とは、辻政信と服部卓四郎の二人のことを意味した。そうしてノモンハンの「貧乏神」となった者たちが、二年後に東京へ戻ってそれぞれ中佐と大佐に進んでいった。中央では拙劣な作戦を立案した、という認識は全くなかった。

よしんばそうでなくても、今度は仲間同士の庇い合いがあり、責任追及など思いもよらない。先輩や同期の者がさりげなく報告を曖昧なものとし、責任問題にならなくしてしまった。そうした類いの事実を私は昭和四〇年代に、勤務していた会社の旧軍人たち――とりわけ陸士出身者のあいだで目の当たりにしたのだ。

軍人は陸軍士官学校卒業の席次で、その人生は大きく左右されてしまう。一番でも下だと同期が師団長で、自分が参謀長といった具合である。

先輩後輩の関係も厳然としている。戦後の混乱期にある陸軍中将が工場の守衛長だったところ、工場長として赴任したポツダム少佐は、守衛所から少し離れた地点で専用車から下車、歩いて敷地内に入る際、必ず元の上官にあいさつしてから入っていった。

「貴様と俺とは同期の桜」で、同期生のあいだの結束も強い。そのあたりは見事なものであった。軍人一家――親の代からの友人同士というのも少なくない。

一般人のことを「地方人」と呼び、見下した感じで接する者も珍しくなかった。このため一つ間違えると軍人には常に「唯我独尊」の傾向が見られた。

現在ではそれが官僚のあいだに垣間見られる。国家公務員上級試験（昔の高等文官試験）をパスした者は、エリート中のエリートだ。高文同期の人たちの集まりに出食わしたことがあるが、一桁（一番から九番）合格組は明らかに二桁組に対し優越感を抱いていた。驚いたことには二桁前半組に大蔵省主計局長を見出し、思わず溜息をついたものである。

●なぜ三成に独走を許したのか

前半で述べた人物たちのなかで、石田三成のケースが一番不思議に思える。何故なら五大老たちがいながら、彼にあのような独走を許した点だ。とりわけ関ヶ原合戦前夜、大垣城での軍議の席で主導的立場をとれたあたり、他の武将たちの反応が今一つ解せない。

軍議を仕切るのは武将であり、文官――官僚である三成でないはずだが、彼は偉そうに島津義弘や宇喜多秀家といったあたりの夜襲提案を否定してしまった。戦場での経験がほとんどないため、先手がいかに重要か知らないのである。

もしより早い段階――上杉景勝の挙兵前後に三成を排除できていたら、上杉討伐に従軍した武将たちの動向は大いに変化していた。東軍に参加せず領地に戻った者と西軍に参加する者を合わせると、半数に達してしまったのではと考えられる。

「唯我独尊」そのものの三成の動きは、すべて淀の方の後ろ楯によるが、ならば余計に面倒な存在だった。私が大垣城の軍議に出席した武将の一人なら、迷わず三成を斬り除くだろう。そして直後に秀家を総大将とし、義弘を副将という体制を確立、小早川秀秋には関白の地位を約束し、この天下分け目の一大決戦に臨んだ。

これがやれなかったのは、三成が淀の方の威光を十二分に利用したからだが、やはり物事を成すには粛清——間引が必要である。国家あるいは政権の安定した平和な時代には、官僚が国家運営の基本となってくる。しかしながらこのときは一時的に戦国時代に戻ったのだから、荒療治して官僚の頂点を斬り捨てねばならない。

慶長五（一六〇〇）年の時点では、もし「唯我独尊」の方針で進むとしたら、唯一秀家だけが採ってよかったであろう。実際に彼が持論である夜襲に打って出たら、大垣城北方に布陣する東軍は地理不案内から大混乱に陥って、東へと潰走したのは間違いなかった。

よしんばそれが実現していなかったり、勝利が不十分であったとしても、徳川家康は木曽三川を渡れなかったに違いない。もし関ヶ原での決戦にと進んだ場合でも、三成を排除したことで秀秋の裏切りがなくなり、東軍は最悪だと家康討死にとの結末が待っていた公算が大きい。

織田信長の「唯我独尊」は、自己過信の傾向が極めて強い、と言えるだろう。ポルトガルの宣教師がもたらせたカトリック教に親近感を抱いたのは、自らの姿を神に投影したに違いない。寺社を次から次へと焼いたあたり、古くからの伝統的に対する反感——すなわち自分の国家建設に邪魔となる存在、と見たからと考えてよい。

つまり現在に例を見出すとしたら、宇宙からの侵略者と思しき存在と、目先の損得によって結ぶ為政者とも思えてくるのだ。その評価については極めて難しい。

京の中心部に教会が建立され、安土には司祭育成のための教育機関――セミナリオが開かれていた。それを許した信長の頭のなかには、近未来に何を目指していたのか、そのあたりを知りたいものだ。

何か思い切ったことをやりたい場合、そのリーダーは合議制を採っていたら、まず成功など覚束ないだろう。とりわけ多数決で物事を決めたら最後、多くを占める意見は凡人の戯言の域を出ないからである。独創的な考えなど少数派で終わってしまう。

創業者として成功した事業家は、たいてい強い個性を有していた。だから会議の少数意見に着目してゆき、そこから目新しい意見を見出したのである。凡人の支持を集めるような案では、誰でもが考え尽くし、もう既に商品化されている公算が高い。

ただしアイデアだけは会議の出席者全員から出させるとよい。そうした「情報」からトップは取捨選択をして、自分の考えを加えた上で研究を重ね、商品化してゆくのが常道だろう。

トップは実際のところ「唯我独尊」でなければ、何一つ前へは進んでゆかない。ただしスタッフから徹底的に意見を聴取しないと、それは単なる独善で終わる。最後の決心だけが「統帥権」であって、誰にも介入を許してはならないのだ。

●劇的勝利は何から生まれるのか

私は信長という人物像について、事前の下調べが徹底していたと想像する。桶狭間合戦の直前なども、梁田《やなだ》政綱が今川義元の動きをきちんと把握し、隙のできる機会を待っていたのである。偶然だけに頼っていたのではない。

前日の軍議を早く切り上げたのも、最前線と考えられた善照寺砦への合流点を各人に示し、現地集合を決めていたからであろう。熱田神宮では部下たちの士気を盛り上げるため、裏手の森から捕らえておいた白鷺を放つ、という演出まで凝らした。

このときの幸運はただ一つ——義元の休憩した田楽狭間を見下ろす太子ヶ根が、全くがら空きになっていたことぐらいだった。そしてこれが奇襲成功の決定的な要因となる。織田勢の人馬が至近——名鉄中京競馬場駅あたりに近づくまで、今川勢の本営は何も気づかなかったのだ。

こういった電撃的な勝利は、重臣たちの合議で練り上げられた作戦からは、絶対に生まれないのである。やはり一種の神がかり的なリーダーが、瞬きで決定した戦術的展開こそ、劇的大勝利を生む要素であろう。

「これに間違いない」と信じこむ「唯我独尊」的なリーダー——織田信長だからこそ、得られた大勝利であった。長篠の勝利から武田へ総攻撃をかけるまで、七年の歳月を要したのもまた瞬きだったのだろうか——。

リーダーには「カリスマ性」と「唯我独尊」的な判断力が必要とされる。その両方を兼備した人物が、国家を、そして組織を成長発展させる、と考えてよい。近年の日本の首相たちは面構えからして、一目瞭然でそうした要件が欠如している。このままだと二〇二〇年代には、三等国――すなわち奈落の底へと転落してゆくに違いない。

11、運を味方にできるか

●人間の運気

河川の流れに逆って遡上しようとしたとき、乗っている船の馬力が不足していたら、進まないどころか押し戻されてしまう。人間も運気もこれと似ていて、強風の吹くなか風下に立ったとき物事を成功させるのは難しい。

いつもと同様またはそれ以上努力しても、全く陽の目を見ないのがそういった運気の悪い時期である。不思議とそんなときに人が訪れてきたり、あるいは紹介されることが多い。または懸案の事項がデッドロックに陥り、二進も三進もゆかなくなるのだ。

運勢は何種かのチェックポイントで、判定していることが多い。生年による十二支、やはり生年による九星、誕生日による占星術といったのが主なものとなっている。他にも使用している印鑑の印相などがあり、それぞれ良し悪しを判定する。

私は今日がツイているか否か、ということにはあまり関心を持っていない。しかしながら年単位と月単位の流れだけは、いつも確実に把握するよう心がけてきた。

つまり運気の弱い年には積極的な動きなど全くやらない。ただし一二ヶ月のなかで何ヶ月か、月単位では好調な期間がある。そこでそれらのあいだに重要なことを終わらせ、他の月には顕著な動きを止めてしまう。

運気の強い年には全体として攻勢に出てゆくが、不調な月における動きは見合わせ、その前後の他の月にと移しておく。前年の八月にそうした暦が発売されるため、買い求めて翌年の行動計画立案の資料とするのだ。

その年の良し悪しというのは、あくまで統計学的なものであるから、一〇人が一〇人すべてに該当するものではない。大体が四人のうち三人――七五パーセントにあてはまったら合格と考えてよい。一〇人なら七人といったところだろう。

占いはやはり確率としたら、四人のうち三人程度の的中率だと思われる。ある流派のH女史が全盛時代のホリエモンとテレビ番組で顔を合わせたとき、

「あんたは今年いい年になる。天下を握るわよ」（要訳）

といったことを、生放送で言い放った。

そうしたところ数ヶ月後、ホリエモンは逮捕収監だから、流石にH女史だと感心したものである。当たるも八掛当たらぬも八掛、と言ってよい。

しかしながら自分のことに限って顧みると、大筋で外れていない。だから私は大きな流れを言い当てていると考え、ずっとおろそかにしないできた。

前述の印鑑については、私はかなり重要視している。宅配便や書留便を受け取る三文判は、自分以外が扱う機会が多いため、ときおりチェックを欠かさない。家人が石畳の上などに落としてしまい、縁を欠いたままのことがあるためだ。

こうしたときは可及的速やかに新しいものを買い、欠けた印鑑を使い続けるのを避ける。実印と銀行印は象牙と黄楊《つげ》製のを持っており、他人に見られて恥ずかしくないレベルのものを使用している。

一九八〇年頃に知り合った人間は、あまり感心しない実印を使っていた。本人は全く関心を持っておらず、

「印鑑の良し悪しで運命が変わるなら、広島での原爆被害者は誰もが悪い印鑑を持っていたのか？」

と、変な理屈をこねてきたものだった。

そうしたらこの男、数年後に大学時代の同級生の保証人になり、その事業失敗により立派な自宅を喪ってしまった。もちろん周囲の人間は誰も同情しなかった。

このような例からしても、私は印鑑に関して必要最低限の関心を抱くよう、さりげない形で助言するのが常だ。ただしその人の考え方次第なので一度しかしない。

●運の分水嶺

多くの面に気を遣い、準備万端整えたからといって、運を味方にできる保証は全くない。ビジネスを含め戦いの場は、偶然が左右してしまうので恐ろしい。

そのため軍隊の図上演習では、双方が遭遇して戦闘が発生したとき、判定者はサイコロを握らせ出た数字で、生じた損害を裁定するほどだ。そうして最終的な勝者が決められてゆく。

使用するのは二〇面のサイコロで、現実にそういったものが存在している。これほどの多面体でありながら、同じ数字が三度続けて出たり、二〇度振って一度も同じ数字が出ない、という不思議なことがある。

ＮＨＫドラマの『坂の上の雲』で、海軍大学校に教官として赴任した秋山真之が、講堂で図上演習をやらせる場面があった。このときは六面のサイコロを複数使わせていたが、ともかくそれで裁定を下していた。

ともかくそれほど運が重大な要素なのだ、ということを意味しているのである。そのあたりを忘れてはならない。

インドシナでヘリコプターが機関銃で攻撃されたとき、奇数番に座っていた者が無傷だったのに対して、偶数者はすべて戦死、とのケースがあった。戦場を離脱する際なので、脱出してきた順に飛び乗ったのだが、座った位置で運命が大きく分かれたのだ。

最後の早慶戦で慶應の八番遊撃手だった河内卓司さんは、昭和三〇年代に私が野球を教えていただいた方だが、戦時中に陸軍中尉で部隊が半分に分けられた。河内さんたちは台湾へ、そして残る半分が沖縄に派遣されたのだから、それによって運命が一変した。前者は空襲を受けた程度の無風地帯で終戦を迎えたのに、後者はほとんどが戦死を遂げた。

やはり同じ頃に知り合った人は、満洲で召集され基礎訓練の終了後、営庭で二列横隊に整列させられた。「前列一歩前へ」と曹長に言われ前に出た兵隊たちは、すべて南方組でここでもほとんどが還らなかった。後列の全員は満洲に残され、やがて中国大陸へ行かされたもののすぐ終戦となり、彼らの多くが帰還船で帰国できた。

これらの話でもわかるように、日本軍の例だと部隊が半分に分けられたとき、そこで運命が決まってしまったのである。その意味からしても運の良し悪しは実に重要だと言えるだろう。

軍の図上演習で使用される20面サイコロ。

いったん悪しき流れが動き始めると、もう個の力ではそれを止められなくなる。半分に分けられて沖縄や南方の戦線に送られた人たちは、自分がいかに抵抗しようがサイコロの目をコントロールできないのと同じで、奈落の底へ落ちてしまう確率が高い。

サイパン島の激戦を描いた映画〈太平洋の奇跡〉の主人公——大場栄大尉も、一度は「バンザイ突撃」に参加し九死に一生を得、それから以後に自らの才覚でもって生き残った。もし突撃の際に戦死していたら、すべてそこまでだったのだ。

最悪の条件下のサイパンから生還したことで、彼は完全に度胸を据え、物事に臨んだのであろう。故郷に戻ってから始めた織物業が成功し、愛知県蒲郡市の市会議員を三期にわたり務めた。戦場だけでなく一般の社会人としても立派な方だった。

●謙虚に、そしてリスクを分散せよ

戦争ほど運が左右するものはないが、それは生と死の両極端に運命が分かれてしまうからである。それだけに戦場にある者の多くが恐怖に支配されているだろうと考えるだろうが、そのあたりはいささか違っている。

人間とは慣れっこになる動物で、戦場に身を置いて三月もすると、砲弾が飛来して炸裂しても銃弾が唸りを生じても、それが生活の一部となってくる。そのこと自体、日常なのだから恐怖心は日増しに薄くなってゆく。

やがて自分は被弾しないのだと思えるようになるが、逆にそれが極めて危険なのだ。物事を軽視するようになり、そこで一発食らうケースが少なからず存在する。

また激戦が相次ぐなか新兵が到着すると、彼らは最初の段階で死傷してしまう確率が極端に高い。そこを生き残ると一年前後持つが、慣れてくるとまた死傷率が上がる。これもまた状況判断が甘くなるためである。

軍人の場合、一族が多く軍務に就くケースを多く見受ける。軍人一家というわけだが、それだけに二人息子が任官していると、一人は最前線にいても、もう一人は後方勤務、との人事が配慮されたようだ。例外が南山と旅順で二人の息子をすべて喪った乃木希典大将ぐらいであった。

私は戦史をずっと研究してきて、あるとき思わずページを繰る手を止めた。それは一九一四年一二月八日のフォークランド沖海戦についての記述だった。

マクシミリアン・フォン＝シュペー提督（一八六一—一九一四）は、ドイツ海軍の〈シャルンホルスト〉、〈グナイゼナウ〉、〈ニュルンベルク〉、〈ライプツィヒ〉、そして〈ドレスデン〉という艦艇を率いて、フォークランド島方面に出撃した。それに対してイギリス海軍は劣勢のため、〈インフレキシブル〉と〈インヴィンシブル〉を急ぎ南下させ、この海域での決戦をもくろんだのである。

フォン＝シュペーは海軍士官の二人の息子と一緒で、自信を持ってこれまた決戦に臨んだ。

けれど巡洋戦艦二隻の速やかな戦場への到着は、全くの計算外であったと言える。その結果、ドイツ側は〈ドレスデン〉を除いてすべて撃沈され、フォン＝シュペー一家三人は全員が戦死した。ドイツ海軍もこうした一家全滅を避けるため、全く違う任務に就けるのが常だが、提督はよほど自信があったのか、同じ海域の作戦に従軍させたのだ。

陸軍の戦闘と違って海軍の場合、同じ艦艇に乗り組むと文字どおり一蓮托生となる。そうした例は父子二人だと珍しくないが、悲劇的な意味からはリューク・カサビアンカ准将《コントル・アミラル》のケースが特筆されてよい。

カサビアンカはその姓のとおりコルシカ生まれのイタリア系軍人で、パリの陸軍士官学校卒業後に海兵隊へ入り、一七九八年のエジプト遠征には一一歳の息子と従軍していた。当時の海軍軍人の育成には、幼少時代から父と一緒に海上生活に親しむ、というやり方が一般的だったのである。

ナポレオン・ボナパルト中将は、海軍にアレクサンドリアへ入港するよう命じていたが、アブキール沖の泊地に投錨したままでいた。帆を下げた状態のフランス艦隊に、ホレーショ・ネルソン提督のイギリス艦隊が突入したからたまらない。

旗艦〈オレアン〉号の運命を悟った准将は、息子をマストの上部に位置させたが、二人とも弾薬庫の爆発で戦死したと言われる。いかにも海軍軍人の父子らしい、壮烈な最期であったことから、この話は戯曲になったのである。

これらの例のように悪しき運命は、一家全滅にと巻きこんでしまう。フォン＝シュペーの場合には、イギリス艦隊の集結があれほど早くなかったら、また別の結果を生んでいたと考えられる。提督一家三人の活躍ぶりが、ドイツの新聞のヘッドラインを飾っていた、との可能性もあったのだ。

「シュペー」の名の悲劇はまだ続く。第二次世界大戦初頭に通商破壊戦で活躍した小型戦艦に、その名が命名されていた。そしてまたもイギリス海軍と戦ってウルグアイのモンテビデオ港に退避、艦長のラングスドルフ大佐は脱出できないと判断、これを沖合に出港させた上で自沈させた。大佐は市内に戻って自殺を遂げている。

ドイツ人の感性を今一つ理解できないのは、このような不運が襲った一家の姓を、新しい豆戦艦に命名したことである。日本人だと命名会議の席上で、縁起が悪いと異論が出てしまうだろう。悪い運命に巡り合わせた名称は、やはり何か問題があると考えてよい。だからなるべく避けて通るのが、知恵の一端だと思う。

●運気に左右されない組織づくりを

私はよく交通事故の記事などを、注意深くチェックしている。すると意外に多いのが同じ年齢の者同士がドライブ、というケースなのである。

一〇代後半の免許取りたてとか、七〇代八〇代の老人同士というあたりに、とりわけ集中しているのがわかる。これを私は「不運の相乗効果」と呼ぶ。もし彼らの年輩が悪い年回りに当たっていたら、普通でも小数点以下の運しかないのに、二人集まってさらに低下させると考えるためだ。〇・五の状態にある者が二人では、〇・二五になってしまう。

これは事業の創立メンバーなども同様で、同期の者同士とかが集まり中心となる、というのも首を傾げる。もし年回りの良好なときは、「幸運の相乗効果」となってぐんぐんと業績も伸長してゆく。ところがいったん停滞期に入ると、負の部分の方が大きく働くということになる。

つまり多くの首脳たちが「負」の期間に入るから、運もまた巡ってくるわけがなく、全く前に進まなくなるのである。初期の段階で順風満帆を経験しているから、こんなはずはないと皆が焦り始め、ただいたずらにもがき状況を悪化させてゆく。

もし好調時に十分な内部留保をしていないと、資金不足――ガス欠の状態に陥ってしまい、かくして解散の一里塚が見えてくる。これは私が現実に見た一例だ。

そのように同年代の者だけで固めると、運気に左右される組織でしかなくなる。それに思考回路も似ているから、似たような発想しか出てこない。やはり業種によっては女性が含まれていたり、若い世代の者も必要になってくるだろう。プロジェクト・チームの編成は、とくにこのあたりを深く配慮したい。とりわけプロジェクト・チームは、似た年齢の者ばかりが集まると、いささか問題が生じてくる。それを避けるために性別や世代を違えて、リスク分散の工夫を凝らすべきではないか――。

男性物――メンズだからといって、男性スタッフだけで考えるのも大きな間違いである。男性は選ぶとき女性と相談することが少なくないし、それを贈り物にするのは女性だからだ。このため女性をスタッフに加えておかないと、女性に人気のないメンズ商品ばかり品揃えしてしまう、といった問題が生じることになる。そのあたりにも知恵を働かせるべきだろう。

さて、それでは衰運期をどのように過ごせばよいであろうか？

これは繰りかえし一定の周期でやってくるから、あらかじめ九年単位の運気を把握しておきたい。その上で短期（一～三年）・中期（四～六年）・長期（七～九年）の計画を立てるとよい。これが上手く進むと運気をある程度まで、しっかりコントロールできる。

それに加えて毎月の運気を傾向として捉えておく。前述のように悪い年にも必ず何ヶ月か、二重丸とか一重丸の月があるので、他の月には動かずこれらの月だけスパートするのである。

そんなことに左右されたくないと言う人は、全く無視して自分の持てる資質だけで戦えばよい。それで紙一重の勝負を勝ち抜けたとしたら、堂々たる人生と言えるだろう。

運気の低調なときほど、人間は何か行動に出たがる、という傾向が見出せる。このため失地回復をもくろんだのが、より一層のこと傷口を拡大してしまったり、というケースばかりが目立つ。好調なときにスパートすべく、低調なときにはひたすら自重する、という我慢もまた大切だ。その期間を「充電期間」と考えればよいだろう。

12、猪突猛進型リーダーの限界

●猪突猛進型のリーダーのミス

猪突猛進型の指揮官は誰かとアメリカ人に聞くと、多くが「ジョージ・アームストロング・カスター」だと返事する。インディアン戦争で史上名高い全滅事件を起こした、第7騎兵隊を指揮していた人物である。

彼は第二次世界大戦の英雄――ジョージ・パットンとともに、アメリカ人の人気を二分しているが、その理由はどちらも先頭に立ち敵陣へ突っこんでゆくからだ。戦う姿勢が評価されたと考えてよい。

パットンには激しい戦闘精神と同時に、情報分析を綿密に重ねるという、インテリジェンスがあった。しかしながらカスターにはそうした部分が欠落しており、それがリトルビッグホーンでの全滅を招いたと言えよう。

そんなカスターだが、ウエストポイント陸軍士官学校を卒業しており、卒業生番号一九六六番と卒業者名簿の記録に残っている。典型的な騎兵将校で、馬術と剣術はトップ、学業はビリという伝説が残っていた。やがて一八六一年からは南北戦争に北軍の騎兵中隊長として従軍、突撃に次ぐ突撃で戦功を立て昇進してゆく。あるとき陸軍省がミスをして、少将と誤記したことから「将軍」となり、以後は一般的に「カスター将軍」と呼ばれた。

戦後は膨張した軍隊の縮小が進み、彼も将軍から「中佐」にと格下げ人事を受け、第7騎兵連隊を率いることとなる。早く将軍に戻りたい彼は強引な戦術展開を重ねるが、スー族とシャイアン族の連合部隊三五〇〇に、二六五の兵力で攻撃を仕掛け劣勢に陥り、ついに全滅させられてしまった。このとき従軍していたカスターの親族四人も、「将軍」と運命をともにしたのである。

パットン将軍の栄誉を讃えたアメリカの3セント切手。

カスターの犯した失敗は、それこそ枚挙のいとまがないほど多い。

第一に、上官のテリー将軍が兵力不足と考え、第2騎兵隊の四個中隊とガトリング機関銃二梃の同行を促したのを、カスターは不必要と断ったこと。

第二に、二日で一一〇キロメートル以上の強行軍の直接、さらに夜間行軍を命じた点。

第三に、インディアン斥候（騎兵隊側についた種族）が「大兵力の敵」と報告したのに、確認の偵察をさせていないこと。

それに加えて一五倍以上の兵力を有するインディアン側には、一三発装弾できるウインチェスター銃が多数、密売人を通じてもたらされていた。一方の騎兵隊の制式銃――スプリングフィールド銃は単発であった。その火力の差が戦闘の行方を決めた。

カスターは全滅したことにより悲劇の英雄となり、彼の名はアメリカ全土に知れ渡った。しかしながら彼の戦術展開は稚拙そのもので、二六〇以上の部下を死なせたことに対し、責任は極めて大きいと言えるだろう。

こうした猪突猛進型の指揮官――リーダーは、いったん勢いに乗ると滅法強い。先手をとって一方的に攻め始めると、そのまま敵の反撃を許すことなく勝利を収めてしまう。多少の兵力差などものともせず、敵陣を切り裂く突進力を発揮する。

しかしながら注意力不足――偵察などによる情報収集が不十分とのケースが多く、軽率な戦いぶりでの敗北も少なくない。幕僚にも同じタイプを好むため、部下からの助言にも恵まれないのだ。

指揮官――リーダーの価値は、決断を要する条件下になったとき決まる。部下たちから寄せられる情報を分析、状況を冷静に判断してゆかねばならない。その際に重要となってくるのは、何ら報告のない方面の戦況である。

そこからの情報の到着を待つか、見切りをつけ一定の想定の下に、考えられる最善の決断を下すか、指揮官は二者択一を迫られる。そのとき失敗した典型的な例は、ミッドウェー海戦の南雲忠一中将だった。彼は爆撃機の爆弾について雷装（魚雷）が爆装（通常爆弾）かで迷い、時間をいたずらに空費していった。そのため空母から発進時に攻撃を受け、空母四隻と多数の航空機喪失との決定的な大打撃を被ったのだ。

だが早ければよいというものでもない。カスターはただひたすら戦場へ部下たちを急行させ、情報のないまま敵の大軍の真っ直中へと突入していった。彼は偵察隊を出していないのだから、その不注意を責められるべきであろう。

●項羽の失敗

猪突猛進の将としては、中国の項羽もまた、その代表的な存在と考えられる。同時代に生きた劉邦と比較されるが、二人の資質は最後のところで大きく運命を分けた。

項羽は江蘇省の出身で、叔父の項梁に可愛がられ、成長するに及び彼らは地方長官の地位を奪った。やがて始皇帝が崩御し秦の全土に叛乱が生じると、劉邦らと勝利を重ねてゆく。この頃に叔父は油断から戦死した。

次第に残忍さを示してきた項羽は、降服した敵を一兵残らず虐殺していった。参謀長が自分と意見を異にするとこれを斬るなど、同じ反秦陣営からも疑問の声が出てきた。そんなことでは広く民衆の支持を得られないためだ。

秦の首都咸陽を劉邦が陥落させ、城門に封印して兵を引いたところ、項羽は遅れて到着すると子嬰皇帝を殺害、火を放って掠奪の限りを尽くしてしまった。その直前にはまたしても捕虜を二〇万、生き埋めにする始末である。

劉邦は機を捉えて項羽討伐にと立つが、軍事的資質で遙かに劣る彼は、彭城で逆に反撃に遭って潰走する。ついに彼は妻の呂后を捨て、子供たちも途中で見捨てる惨敗を喫し、項羽の追撃に辛うじて身一つで脱出した。項羽は最大の敵をあと一歩のところで、何度となく逃したのであった。

項羽の虐殺は続くが、あるとき処刑寸前に一人の少年の言葉で中止したところ、それ以後は投降者が多数出るようになる。この頃になって敵の捕虜の多くは、自軍の兵力になることに気づく。しかし紀元前二〇二年にターニングポイントが訪れ、反楚――劉邦の陣営が有利となった。戦いの流れが大きく傾いたのである。

垓下に布陣した項羽の耳に四方から楚の歌が聞こえ、「四面楚歌」の状態に陥っていた。彼は美貌の愛妾虞を自ら殺すと、出撃して従った二八騎と烏江の畔で最後に戦い、直接に自刎して果てた。ほとんどの戦いに勝利を収めながら、国家を統治する能力に欠けたことで、秦末の混乱を生き抜けなかったのだ。

大体がその頭角を現した前後を見ても、知恵袋の叔父の存在があまりに大きく、項羽自身の頭脳によるものでなかった。それからは参謀長が慎重論を唱え意見を異にすると、なんとこれを殺害してしまう体たらくで、ついに優れた人物を傍に置くことができず、やがて時の流れに呑みこまれてしまった。

優秀な参謀というものは、上に立つ人間とときに見解の相違が生じる。だがそれだからこそ存在価値があると言える。将と参謀の考えが常に一緒だとしたら、それこそ危険な兆候だと考えてよい。作戦会議で積極策と消極策が出ることで、初めて参謀たちの意見が戦わされるのである。

こうした場合、優れた将は初期の段階で発言せず、ただひたすら部下たちの発言に耳を傾ける。そうして彼らの能力を知ればよい。そしてひととおり議論が終わったとき、参謀長は「ご決断を」と将に促す。

このとき将は必ずしも多数意見の方を採る必要などない。少数意見の方が考えつく者が少ないので、敵の意表を衝ける可能性が高い、という思考回路を有していてよい。これはと直感したなら、一人しか賛同者のない考えでも、将は断固採用すべきなのだ。

それではこのとき多数意見に与した参謀が、すべて能力に劣る者と見なしてよいのだろうか？　否である。別の局面で彼らの一人がそうした思いがけない発想を出してくる、との可能性が存在するからである。

また将はそうした幕僚のなかで、卓越して頭がよい必要があるだろうか？　これもまた否だ。もし自分で頭がそれほどよくないと自覚していたら、幕僚——つまり参謀に頭のよい者を雇えばカバーできる。世のなかには頂点に立とうとの野心がなく、自らを参謀型と認めている人間がいくらでもいるからだ。

また参謀長を置く場合には、将と全く逆の人間を選びたい。将自身が猪突猛進型と自覚していたら、慎重なブレーキをかけるタイプを傍に置く。そうすることによりバランスがとれるからである。

慎重な将に猪突猛進の参謀長というのも、将のバランス感覚によっては面白い。後退りしそうな将を参謀長が支え、積極攻勢を促すといった展開は、これまたパターンの一つではと考えられる。

項羽は知恵のある武将でなかったが、惜しむらくはそれに気づいていなかった。だから参謀長格の人間の用い方ができておらず、幕僚にイエスマンしか残らない状態を招いた。これが最大の失敗だった。

●劉備と関羽と張飛

すべてに慎重な（将として愚鈍と言うべきだが）将と猪突猛進の二人の将という構図は、〈三国志〉の劉備、そして関羽と張飛の義兄弟三人組だ。〈三国志〉は作者の好みで劉備を名君に描いているが、実際には二人が支えて辛うじて蜀の地を手に入れた。

劉備の失敗はふと思いつくだけでも、呂布を陣営に入れたり、注意不足から二度にわたり妻子を捨て敗走、というお粗末なものが多い。とりわけ樊城から長坂への脱出に際しては、関羽の水軍が軍船で迎えにきたところ、そこへ難民を乗せ徳のある為政者を気どるのだから、もはや語るに落ちた愚将である。

このとき劉備は難民たちが自分を慕って土地を捨てたと考えたが、実のところは曹操の治政下を嫌っただけの話だ。それに難民すべてを救えるならともかく、一部だけを乗船させたのだから意味がない。こんな判断を下しているようだから、二人を喪った直後に夷陵で無様な敗北を喫し悶死してしまう。

猪突猛進の二人の将——関羽と張飛は、どちらも自己過信タイプの人間で、部下たちを自由自在に操れると考えていた。それが墓穴を掘る原因となった。

関羽は呉に対して高飛車な態度で臨み、孫権に対し無礼な振る舞いがあったことで、いつしか最大の標的とされたのである。そこへまだ無名の陸遜が呉の将として、呂蒙の後任で赴任してきた。これに気を許したのが運の尽きであった。

知謀の将として広く知られる呂蒙より、遙かに知謀が優ったと言われる陸遜は、へり下っておいて油断させると、いきなり牙をむいて襲いかかる。たまらず関羽は樊城の攻囲から敗走、麦城のところで呉の馬忠によって捕らえられた。

こうした関羽のような将を捕らえた場合、可及的速やかにやるべきことは処刑だ。潘璋の配下の馬忠は独断でもって、関羽とその息子など二〇人をすべて殺した。事前に打ち合わせていただろうが、間髪入れることのない見事な展開と言える。

義兄弟の死に衝撃を受けた劉備に、間もなくもう一つの悲報が届けられた。それは部下への思いやりのない張飛が、部下の張達と范彊によって暗殺された、との報告だ。無理な命令を出し達成できなければ死と脅したところ、彼らはより容易な途――上官の殺害にと踏み切ったのである。

両手を相次いで捥がれた恰好の劉備は、三顧の礼で招いた軍師――諸葛孔明の反対にもかかわらず、怒り狂って呉との決戦を決意した。武将としては軍事的才能が欠如し、為政者としては決断力に乏しいこの人物は、軍師の反対に耳を傾けるべきだった。そのための軍師――参謀総長なのだ。

蜀は呉と比較して人材の層が薄く、猪突猛進する関羽と張飛に優れた参謀長を付けていなかった。これこそが破綻の始まりであった。呉から借用した領地の荊州を重視しての関羽の派遣は、辺境に強い武将を置くという常識にかなっており、間違った方針で決してない。だから猪突猛進型でない参謀長がいたら、彼の悲劇は避けられたのではないか――。

夷陵の戦いを前にした劉備は、情報不足だった上に自らの知恵も不足するという、最悪の条件下に陥っていた。こうしたとき参謀総長――諸葛孔明の言葉に耳を傾け、冷静さを取り戻すまで戦いを控える、との決断が必要とされたのであった。

●日本陸軍の中の猪突猛進

日本にも古来から猪突猛進型と言われる武将が少なくないが、ここでは近代の将軍を挙げてみたい。私は牟田口廉也こそその代表的な一人だと考えている。

牟田口は昭和一〇年代、二度にわたり歴史の表舞台に登場した。最初は一一年の盧溝橋事件、そして二度目は一九年のインパール作戦であった。彼は九州（佐賀）出身である上に、容貌もまた強気な性格を彷彿とさせており、陸軍大学校卒の猪武者と言えるだろう。

北平（北京）駐屯の歩兵隊長としてかの地に渡った牟田口は、すぐに歩兵第1連隊長となり、盧溝橋近くで夜間軍事演習を実施した。このとき共産党の工作員が日本軍、次いで国民政府軍に発砲、これにより双方の交戦が開始された。強気の大隊長――一木《いっき》清直（のちガダルカナルで一木支隊を率い戦死）が部下におり、強気の連隊長と大隊長のコンビにより、衝突拡大が企てられた。宣戦布告のないまま戦争は拡大の一途をたどり、やがて主戦場は華中へと移っていった。

その牟田口は第15軍司令官を命じられ、インドのアッサム地方へ突入するインパール作戦を指揮した。インパールはしかし防御が固く、アメリカの支援するイギリス軍の抵抗に遭い、八八日間にわたり攻囲しながら占領できなかった。それでも彼は強気で攻略を命じ、師団長を更迭するなどして攻撃を続行、やがて早い雨季の訪れと食糧や弾薬不足により、悲惨な状態にと陥っていった。撤退命令が出たのは七月八日のことで、全軍はほとんど壊滅状態となり退路は「白骨街道」と呼ばれた。

私は一九六〇年代後半、東京の二四支店の営業統括を担当していた。そのとき二四人のセールスマネジャーのうち、二人がインパール作戦の生き残りだった。機会を捉えて彼らと会食したことがあったが、何しろ食糧と弾薬だけでなく、医療品からすべてが不足しており、五月に雨季が訪れたとき作戦が成功する予感がしなかったという。そうした激烈な経験のためか、二人揃ってすっかり弱気の性格になっていたのが印象的に思えた。

インパールを攻めた宮崎繁三郎、コヒマを攻めた佐藤幸徳の二人の将軍は、最悪の条件下で戦い続けた。補給が途絶する状況の下、牟田口からは強気の命令だけが届き、ついに佐藤がそれに従わない抗命事件を引き起こしてしまう。

猪突猛進型の軍司令官と常識的な二人の師団長——彼らにとって不幸だったのは、何しろ五月に訪れた雨季である。アラカン山脈の道路という道路がぬかるみと化し、乾季の何分の一も進撃できないでいるうちに、軍需物資の不足が生じたのであった。

モンスーン気候の地域における作戦は、インドシナでも六月に入ると計画しなかった。九月から一〇月にかけてまでは、インドシナ戦争でも事実上休戦状態だったのだ。その意味では五月に作戦を開始させた、牟田口の方に無理があったと考えられる。

ここでも日本兵はよく戦った。コヒマの防衛を指揮したイギリス軍のウィリアム・スリム大将は、

「最後の一兵、最後の一弾まで戦うとよく言うが、それを実行したのは日本兵だけであった」

と、戦後そのように述べている。

スリムの側も胸突き八丁にさしかかっており、もし補給が十分にできていたとしたら、最後の勝者は猪武者――牟田口かもしれなかった。常に勝敗は紙一重の差である。

猪突猛進は下級指導官にとって、必要とされる条件の一つである。それがすべてではもちろんいけないが、ケース・バイ・ケースでその特性が求められてくる。そうした意味から常に進撃する自軍の先頭近く――最前線で指揮を執ったパットン将軍が、アメリカで最も人気を集めたのは、けだし当然だと言えるであろう。

13　複数の専門分野を持つ

●左遷も配置転換もチャンス

一つの人事の偶然が、とんでもない偉業を生み出す、ということがときに起こる。ドイツのハインツ・グデーリアン上級大将のケースがそれである。

下級将校の息子に生まれた彼は、軍人を志して陸軍幼年学校から陸軍士官学校に進み、任官後に主として通信部隊に勤務した。第一次世界大戦では中尉から大尉だったが、同じような階級のエルヴィン・ロンメルが華々しく活躍したのに較べ、地味な後方勤務に終始している。

この大戦で父が戦死したグデーリアンは、ワイマル共和国の一〇万に制限された将兵の一員として軍に残り、一九二二年にバイエルン第7機械化輸送大隊へと転属になった。ここで彼は少数精鋭のドイツ国防軍に、機甲部隊と歩兵の自動車化は不可欠、との結論を得た。そして研究を進めてゆくのだ。

ドイツ機甲部隊の父――ハインツ・グデーリアン上級大将。

諸外国の優れた研究の資料をとり寄せ、そこからグデーリアンはイギリスの退役軍人――リデル＝ハートの論文に注目した。現状をどうこうするという近視眼的なものでなく、将来を広く展望している点に感銘を覚えたのである。

ナポレオン時代からの陸戦の鉄則は、騎兵が突破し、歩兵が進み、砲兵が援護する、という三位一体だった。それをグデーリアンは、戦車、自動車化された歩兵と砲兵の突撃砲（自走砲）が補い合い、敵の前線を突破し占領地を確保する、と考えた。

一九二六年から戦車の開発計画が進められ、グデーリアンはそこに無線を積み、戦闘中に相互間の通信を可能とする、という構想を実現させてゆく。諸外国の戦車は指揮車両だけに無線を搭載し、他は隊長車の動きに従うだけというレベルであった。

これによってドイツの戦車は、指揮車両から部下の一台一台に指示が可能となり、戦車戦術が画期的なものとなる。それこそ自由自在に戦場で展開できたのだ。もしグデーリアンが通信部隊以外の兵種に所属していたら、こうした発想は出てこなかっただろう。また機械化輸送大隊への転属がなかったとしたら、機甲部隊に関係することも考えられない。

通信の重要性は言うまでもない。これによって最前線からは最新の戦況が入ってくる上、味方の進捗状況も刻一刻と把握できる。そうして入手できた情報を、必要に応じて最前線で戦う指揮官に伝えれば、時間のロスなく最も求められている地点に、兵力の投入が可能となるのである。

ポーランド、フランス、そしてロシアの戦線で、自ら機甲部隊を率いて戦った彼は、装甲車――sd・kfz-251の改造タイプに、六台から八台の通信機を搭載、最前線の司令部としていたのだった。

こうして考えてみると、サラリーマンの配置転換も、新しい分野での経験を積む機会、と解釈すればよいだろう。一つの部門だけでずっと勤務するより、遥かに勉強できるとの捉え方をした方がよい。そしてグデーリアンのように、新しい先でこれまでの知識を活かせたら、新境地を拓くことも可能なのである。何事も考えようだ。

●ロンメル将軍の一芸力

第二次世界大戦でドイツの機甲部隊を率いて戦ったもう一人の英雄――エルヴィン・ロンメル上級大将・元帥は、前の大戦を歩兵部隊の下級指揮官として戦っている。小隊長と中隊長だったが、このとき敵の捕虜を一万以上獲て、ドイツ帝国時代の最高の勲功章――プール・ル・メリット（ブルー・マックス）を授与された。

第二次世界大戦勃発時、彼はヒトラー総統の身辺警護部隊を率いて、ポーランド進攻を目の当たりにした。このとき活躍する機甲部隊の勇姿を見て、願い出て機甲部隊の司令官にと転じたのである。

一九三七年に前大戦の体験に基づき、ロンメルは『歩兵の攻撃』という本を著していた。これは歩兵の操典という評価を得て、とりわけヒトラー・ユーゲントでは必読の書とされたのだ。その理論を彼は機甲部隊の戦術展開にも応用してゆく。

つまり戦車部隊を率いるときは、歩兵の中隊長のように最前線近くに身を置き、戦況を十二分に把握して適切な命令を発し、敵の弱点を衝くというものであった。それに最前線付近に将軍クラスがいたら、部下たちの戦意が違うことも彼は十分承知しており、そのあたりを指揮の基本方針とした。

歩兵戦闘の専門家として戦場の指揮統率術をマスターした人間が、まだ本当の戦車戦闘を熟知していない敵と戦ったら、勝負になるわけがなかった。かくしてフランスに進攻したロンメルは、最前線ではⅣ号戦車を高級指揮官用に改造したタイプに乗り、進撃の先頭でシェルブールまで達している。第7機甲師団長として成功を収めたのだ。

一つの分野で頂点を極めた者は、たいてい別の分野においても高いレベルに到達できる、という例が多い。これは「成功」というノウハウを感覚的に捉えているからである。もちろん誰もがあまねくというわけではないが、確率的には非常に高い。

ロンメルの高度な指揮に関する能力は、北アフリカにおいても発揮された。遙か彼方まで見渡せる砂漠の戦いは、勝てば一〇〇キロメートル単位で進撃できるし、負ければ逆に同じだけ退却せねばならぬ。そのためいったん圧倒された場合には、彼は一気に三〇〇とか五〇〇キロメートル後退させた。中途半端では敵の追撃に捕捉され意味がない、と考えたのだ。

戦車を主役とした砂漠の戦闘を、ロンメルは早い段階で学んでしまっていた。歩兵の戦闘との違いを肌で感じとったと言えよう。まさしく彼は「一芸に秀でた者」だった。彼は「歩兵戦闘」と「戦車戦闘」のスペシャリスト――すなわちゼネラリストとしての自分を磨く余裕を見出せなかった。

北アフリカの戦功で出世を重ね、上級大将・元帥となってからも第一線の指揮官であり続けた。そのため戦局全般を見る能力にいささか問題があった。ロンメルが休暇で帰国しているとき、イギリス軍の大攻勢を受けているのだ。

それからのちノルマンディー方面のB軍集団司令官となったときも、天候が大荒れだからという理由で南ドイツに帰省し、そのさなかにノルマンディー上陸作戦が実施された。これもまたロンメルの戦略的判断のミスと考えてよい。つまり彼は戦術レベルの用兵に関して、卓越した能力を有した軍人だが、あまりに第一線に固執していたことから、戦略レベルの視野に欠けていたと言える。

自信過剰な点も見出せる。ノルマンディーに連合軍が上陸後、各地をベンツの将官用オープンカーで視察しているロンメルに、部下の将官から危険だと注意が与えられた。けれど彼は意に介さずその車両を使用し続け、地上攻撃機に機銃掃射され重傷を負った。

いずれにせよロンメルもまた、二つの専門分野を持つことにより、ドイツ国防軍の頂点まで駆け上がった。とりわけ前の専門——歩兵の戦闘を基本にしたのが、成功のポイントだと断言してよい。別の分野で多くが活用できたからである。

ロンメルは知謀を兼備した最高の指揮官の一人だ。下級指揮官としても将軍としても、顕著な成功を収めたことで証明されている。情報力にも長け知恵にも優れていたが、惜しむらくは最後の段階で運には見放された。

●複数の分野を磨け

自分の経験からしても、複数の分野に詳しいことは、多くのプラスの効果をもたらせてくれた。Aの分野では説明のつかない事柄が、Bの分野だと簡単に説明できる、といったケースが少なくなかったのだ。

私は学生時代から、貨幣研究と軍事研究を相前後して始め、ほぼ似たウエートを置いてきた。外国へ出る機会に多く恵まれたことから、どちらも順調に身に付いたと言える。

ところがこれが会社に勤務していたときは、ほとんどマイナスの効果しか生まなかった。その世界で名が知られ出すと、嫉妬の対象にしかならなかったのである。上役に「趣味に現《うつつ》を抜かしている暇があるのか」と、公然と言われたこともあった。だったらもう少し仕事に没頭しろ、という意味らしかった。

日本の会社での気分転換とは、どうやら「酒」らしいとわかって、発想の貧しさに逆の意味で感心したものであった。こうして考えると組織のなかにいる人間は、趣味を絶対に隠し通すべきだと、今になってみるとそう思えてならないのだ。

つまりサラリーマン社会では、自分の情報について可能な限り隠すべし、ということになってくる。とりわけ趣味に関するものは、広く知られた場合百害あって一利なし、と考えて間違いない。「あいつは仕事に手を抜いて」という評価に結びつく。

しかしながら自分自身にとっては、どちらも知識を充実させる意味から大いにプラスとなった。とりわけ貨幣学の面では、ラテン語やキリル文字が読めるようになり、アラビア文字も見当がつき始めた。これらは会社に勤務していた頃、海外市場調査で武器となっていた。

そうした過程で面白いと感じたものがあると、その分野を調べてみる癖がつく。株券、姓名、文献、歴史的事実、といった具合である。実に多くのことに関心を抱いていった。

大宅壮一マスコミ塾で第8期の優等賞を受けたとき、ちらりと将来この道を進めたらと思った。けれどよほど絶対的に強い分野を持つか、そうでなければ「複数の専門分野」だとそのとき気づく。

とりわけハインツ・グデーリアンが、無線のスペシャリストとしての知識を、機甲部隊で活かしたことを知ると、相乗効果が生まれるのを認識した。現実に自分が長く興味を抱いていた切手に関連したことでは、軍事と結び付いて軍事郵便の研究にと発展してゆく。これは作家になってから『軍事郵便物語』（中公文庫）という作品において、はっきりと実を結んだ。

貨幣学関係からは、アメリカの五種の金貨を物語に登場させた『五枚の金貨』、シラクサのデカドラクマ銀貨に描かれたアレトゥサの物語である『アレトゥサの伝説』（どちらも中央公論新社）などになった。私の一五〇作および二〇〇作を記念する作品だから、アメリカ史と古代ギリシア史の知るところを駆使した。

軍事に関しての作品は枚挙にいとまがないが、世界の古戦場の多くと日本の古戦場をほとんど歩いてきただけに、その分析には自信を持っている。このあたりについては〈14章〉で詳しく触れたい。

いずれにせよ作家としての私は、複数の専門分野を持つことなしには、これまで続けてこられなかった。その意味ではあれこれ多きにわたって興味を抱いてきたことが、間違いでなかったのを実感していると思う。

複数の専門分野を持てと書いてきたが、その専門分野と社業のかかわりが密接過ぎるとなると、いささか微妙な問題が生じてくる。とりわけその人物が超大企業のトップの座に就いたとしたら、その会社の進む方向に影響を有するだけに、他人事ながら危うさを感じてしまう。

企業の名は誰もが知るソニー。そして人物の名は二〇一一年に物故した大賀典雄元社長である。彼は音楽学校を出た音楽家で、役員就任まではオーディオ関係のご意見番だろうと、別に気にするまでには至らなかった。ところがこの人が社長になったときは、「まじかよ！」と驚かされてしまった。

私はこうしたソニーのトップ人事について、あの企業の「終わりの始まり」と親しい人たちに話している。テレビなどの電気製品で優秀な技術を誇ってきたのが、音響やエンターテインメント方面に重点が移ってしまい、凋落の一途をたどってゆくと予測したのである。案の定、ソニーから優れた技術者が退職していった。

これは当然と言える。音楽家に難しい技術など理解できるわけがないから、将来の方向が決定されたも同然で、私がそれと同じ立場ならやはり真っ先にこの会社から去っただろう。

●ソニーのボタンの掛け違い

さらに驚いたのは後継者としてストリンガー社長という、イギリス人がトップの座に就いたことだ。彼もまたエンターテインメントのスペシャリストだから、電気製品に目を向けるわけがなかった。祖先が弓の弦を張る職人だった彼は、ソニー全体の社長なのに日本に住まずイギリスに住居を定め、年俸八億円強というそこだけは一流の経営者として知られる。

外国為替が一円違うと年に一〇〇億円というソニーは、円高傾向についても重大な危機に陥っている。ところが皮肉なことにこの人物は、円高になればなるほど実質の収入が増える、という矛盾が生じてきた。つまり会社は痩せ、トップは太るというわけである。

こうして考えてみると、ソニーは出井伸之元社長の時代からボタンの掛け違いが始まり、トップの人選を誤り続けてきた、と言える。それもまた極端な専門を持つ人材の登用が口火となっただけに、戦略段階のミスと指摘してよいのでは——。

ソニーの戦略的なミスは、過去にもテレビのベータ方式に固執したことで、他の多くの選択したVHS方式に完敗した、という出来事が記憶に残っている。そして現在もまた優秀な技術者の大量退社という問題で敗北しつつある。

●「〇〇の神様」という称号には要注意

この会社の独創性と技術力は、〈ウォークマン〉という超ヒット商品からも、十二分に評価できるだけのものがある、と考えてよい。現在の経営陣の戦略からすると、不採算部門という理由によって、テレビなど電気製品が切り捨てられるのは時間の問題では?

会社経営は実に難しい。それは会社という組織が複数の人間によって動く、生きもののようなものだからである。一つの表情だけでなく、日によって別の顔を見せることもあり、制御できなくなるケースすら出てくる。

一九六〇年代から七〇年頃にかけて、経営学者に坂本藤良という人がいた。彼に指南を求める経営者が多く、「経営の神様」とまで言われた。その彼がいよいよ会社経営に乗り出すというので、誰もが固唾を呑んで手腕を見守った。結果はかなり早い時機の「倒産」――すなわち不渡りだった。理論と実践は多くの場合、このような落差を生む。

「○○の神様」というのは、怪しげなことが多い。日本陸軍の「作戦の神様」――辻政信中佐は、ノモンハンやガダルカナルの戦争指導で「貧乏神様」だったことが露見した。

一方で「歩兵戦闘の神様」――中根兼次中佐は本物であった。硫黄島の栗林忠道中将に乞われ赴いたが、その構築した巧妙な陣地と戦法はアメリカ軍を悩ませた。日本軍の死傷二万一〇〇〇に対して、アメリカ軍は死傷二万八〇〇〇という多大の損害を強いられた。

このように「神様」という称号に惑わされると、一般人は酷い目に遭うことがある。マスコミは勝手に呼称を創り出し、「カリスマ」とか呼んでその特集のときだけ、祭り上げてくるのが常だ。だから神様やカリスマは多くの場合、誰かが何らかの意図を持って呼んでいる、と考えたら間違いないだろう。

人間は複数の専門分野を持つと、複眼的に物事を眺めることができる。そうなれば還暦を過ぎて親から子供手当を受ける「ルーピー」や、首相の地位にしがみつく「ペテン師」たちに欺かれることもないと思うが――。

変化の激しい時代を生き抜くためには、二つ以上の専門分野――あるいは二面性を具備していることが、今日ではより一層求められると思われる。いくら自分が「この分野のスペシャリスト」と豪語していても、それがそっくり存在しなくなるという、時代の激変すら予測しうるのだ。ちょうど明治維新によって、旗本や御家人の代理として蔵米の処理を委ねられた、「札差」という仕事が消滅したように――。

14、フィールドワークの鬼になれ！

●私の作家作法

私が作家になりたての頃、一人の読者から手紙をもらった。あなたのように四方八方へと飛ばずとも、「自分は書物で知識を得ている」という内容であった。そこでこちらは足でたしかめない限り、「所詮は孫引きの域を出ない」と応じたことがある。

マイナーな雑誌などに寄稿していた男だと、当時の担当編集者に教えられた記憶が残っている。書物に書いてあったことをそのまま原稿に書くとは、驚いた人間がいるものだと思った。これではオリジナリティも何もあったものではない。

やはり作品のメインテーマ、あるいは主人公の縁の地などは、可能な限り実際に訪れた上で、じっくりフィールドワークしたい。舞台となる土地を実際に歩いてみると、何度目に訪れてもいつも何かしら新しい発見があるためである。

タイ国境警備隊の勲功章に描かれた戦象と山田長政時代の薙刀での戦闘。

これから手がけようというテーマについては、何年も前から資料の収集を開始する。主として参考文献、関連した人物や場所の絵葉書、といったものが中心となる。一九世紀後半から二〇世紀初頭まで、絵葉書コレクションが大流行しているから、山田長政とか西太后といった人物の肖像画が、気をつけていると入手できる。

ある程度の資料が集まると、その段階でノートを作成してゆく。それが終わるといよいよフィールドワークの準備に入る。一つの作品に一度の取材旅行ではもったいないから、そこの周辺にある別のテーマの舞台なども、このときついでに訪れることにしてきた。つまり二冊か三冊の取材ノートを手に旅へ出かけるのだ。

ヨーロッパなどは本当に驚くほど狭いから、パリやロンドンなどに必ず立ち寄る。ミュンヘンにある絵葉書などを売っている店は、行くたびに何かしら掘り出し物が出てくるので、なるべく足を向けるのが常である。『二人の将軍』についてを取材しているとき、アウグスト・フォン＝マッケンゼン元帥の肖像絵葉書を、なんと一度に一〇種類以上発見できたところだった。

●見敵必殺

私の考え方はまた見つかるだろうと思わない、という点で徹底している。取材旅行の最初の段階で目にしたから、帰国までにもう一度くらい機会があるのでは、といった期待を一切抱かないことだ。そのため見敵必殺ですべて必要と思われるものを購入する。

それとあと一つ徹底していることは、骨董店や古書店の並んでいる地域を訪れると、いくら品数が少ない店でも必ず当たる、との基本方式である。経験上からそうしたケースで、とんでもない稀少品を見つけたことが、再三再四あったからであった。

そうした機会に恵まれるパリなどは、必ず四日以上の滞在を決めている。特定の訪問先――博物館などがあるときは、それに要する日数を加えた旅程を作成する。

清朝末期の実力者だった西太后を描く絵葉書。（部分）

セーヌ河畔の古書店――ブキニストも、土曜午後オープンのところが多く、そんな店にも足を伸ばす。運に恵まれたときなど、ジャック・マシュ大将、マルセル・ビジャール大将、フィリップ・ルクレール元帥などの伝記、それにジャン・ラルテギーの全作品を一冊でカバーしたハードカバーの全集を、一ヶ所で見つけて大喜びしたものだ。

●戦場踏破

戦場を歩くことも、ときに新しい発見があって嬉しい。これまで日本で一〇〇ヶ所、外国で二〇〇ヶ所以上の古戦場を訪れてきたが、複数回足を運んでもまた新たに気づくことが出てくるのである。

古代の戦場は狭いなと感じたのは、紀元前二一六年にハンニバルが四個軍団のローマ軍を全滅させた、イタリア南部カンナエの戦場跡だった。ここに双方一三万の兵力が戦い、ローマ軍七万が戦死したとは思えないくらい、狭い野原が広がっていたのだ。丘の上から見渡せるので、余計にその印象が強かったと思う。

北ドイツで紀元九年にローマ軍が全滅した、トイトブルクの森もまた印象深かった。起伏と深い森のなかの街道は、待ち伏せ攻撃に絶好の条件を備えており、さらには大雨という悪条件が重なったわけだから、重装備のローマ軍三個軍団は勝てるわけがないのだ。それをゲルマニア人の指導者――ローマ軍での勤務経験のあるアルミニウスが、効果的に攻撃を加えてゆき、三日にわたる激戦の末に殲滅させてしまった、という戦場であった。

どちらもまだ二〇代の頃なので、私は古代で世界最強を誇ったローマ軍が、揃って撃滅された事実に強い衝撃を受けた。このときに得た教訓は、いかに強力な部隊でも条件次第で敗北する、という点だった。

カンナエのローマ軍は、緒戦の流れにそのまま乗ってしまい、過剰な前方への突出という状態を修正しなかった、というのが敗因であった。トイトブルクのローマ軍は、前方の視界不良という条件下に、大部隊を進めてしまったところに最大の敗因を見出せる。どちらも指揮統率術に問題があったと言えよう。

●なぜ関ヶ原の戦いで西軍が負けたのか？

やはり狭い戦場という感想を抱いたのは、天下分け目の関ヶ原合戦の決戦場である。これは絶対に西軍が負けるわけがない戦いで、石田三成が大垣決戦を避けたところに最大の敗因を見出せた。大垣での東軍着陣当夜の夜襲で勝てたのだ。茶坊主上がりに戦略や戦術まで口出しさせた、西軍の主たる武将たちにも責任は大きいが――。

百歩譲って関ヶ原に布陣した段階でも、西軍は鶴翼の陣を布いて有利にあった。ここでも三成が存在はマイナスにしかならず、軍議で夜襲案を一蹴された島津義弘など、彼の再三の要請にもついに動かなかった。朝鮮出兵で軍監の三成に「匹夫の勇」と酷評された小早川秀秋も、やはり彼の要請に動くことはなく、逆に徳川家康の求めで西軍を攻撃したのだった。

三成は加害者の側だから自分のやった行為を忘れたが、義弘や秀秋は被害者の側だから、いつまでも恨み続けていたのだろう。とりわけ秀秋は武将の資格なしと決めつけられ、それをとりなしたのが徳川家康ということから、すべての人間模様が一目瞭然だと言えた。人間心理はクリアでないから、そうした裏切りが直前までわからない、という難しさがある。

フィールドワークをしながら、私は戦場での将たちの心理状態を考えることが多い。いかに兵器が進歩しようとも、実際に戦うのは将兵だからにほかならない。古戦場に立つとときに戦闘の様相が、彷彿とされてくることがある。これこそ現地踏査の醍醐味なのだ。

関ヶ原は前後六度にわたり訪れた。それ以上に戦闘がよく見えてきたのは、三度訪れたワーテルローだった。ここは現在、イギリスのウェリントンが位置していた地点に、ライオンの丘という小高い展望台が設けられている。そこから戦場を一望にできることもまた、当時の布陣を知るための一助となっている。

●ワーテルロー会戦の運命の皮肉

ワーテルローは関ヶ原と違って、山などに部隊の行動を妨げられない。起伏はあるがほとんど影響ない地形で、双方が一五万の兵力を配置しても、点在しているといった感じであった。

もしナポレオンが前日に三万六〇〇〇の兵力を割いていなかったら、一五〇〇時あたりには勝負がついていたであろう。

決戦が迫ったとき、将が一番やらなければならないこと――それは可能な限りの兵力の集中である。一兵でも多く主決戦場に集結させ、まずは兵力面での有利を保つことだ。ところがあの軍事的天才のナポレオンが、最後の決戦を前にそれと逆のことをやってのけたのだから、運命の皮肉を感じてしまう。

私が彼の立場にいたら、撃破されて戦場離脱したプロイセン軍など追わず、総計一一万のフランス軍でもってウエリントンの連合軍だけをまず狙った。分遣隊として割くはずの三万六〇〇〇の兵力で、ウエリントンの左翼（フランス軍の右翼）へ迂回しながらこれを脅かし、同時に敵将の退路を断つ。

そんな作戦展開をナポレオンのいた位置から思い浮かべるのもまた楽しい。現地だと地形が目前にあるから、彼我の距離感がそのままであり、進発した部隊の目的地に到達する時間がおよそ見当がつく。そうして戦いの進捗を想像していると、ナポレオンにとってフランス軍にとっていかにもったいない戦闘だったかが、あまりにもよく見えてしまう。普通にやっていれば勝てたのだから――。

●生きているうちに行けた

生きているうちには行けないのでは、と考えていたのがディエンビエンフーであった。ところが二〇〇五年に三三年ぶりのベトナム旅行を計画したとき、トンキン地方（北部ベトナム）に空港があるのを見つけた。日に一便だがハノイから定期便も就航している。そこで早速出かけてみた。

全体は山形盆地より少し小さめと考えていたが、それがほとんどピタリと的中した。また陣地の間隔もほぼ予想どおりで、戦闘の推移を重ね合わせることが簡単にできた。またアンヌ＝マリ陣地、ナム・ユム川の鉄橋、それにド＝カストリ将軍の司令部などは、半世紀を経過しながら非常によく保存されており、そこから方角を確認することで位置関係が一目瞭然となった。

私はこのようなフィールドワークを、一九六三年からはっきり意識して始めていた。だから会社に勤務してからも、「偵察行動」だと称してよく必要な場所に出没し、状況把握をやっておいたのである。それ以外にも海外市場調査を命じられたときなど、自分の持ち味を十二分に発揮できたと思う。

こうした場合に一番威力を発揮したのは、貨幣学から得た知識だった。貨幣の銘文を読む必要上から、キリル文字（ロシア文字）は完全に読めたし、アラビア文字も重要なものは理解できた。だからソ連や一部のアラブ諸国のように、ローマ字表示のない道路標識が読めたので支障を感じなかったのだ。

またザンジバルでは「アラー」と記されているのに気づき敬意を表したところ、現地の住民たちから親しく接してもらったという怪我の功名も記憶に残っている。もしその石碑を蹴飛ばしていたら大変だったであろう。

いろいろ考えてみると、書物を読んで知識を蓄え、その上で旅に出て興味ある地を訪れる、というのが一番よいように思われる。やはり読書だけでは理解に限界があるからなのだ。

●万巻の書を読み、万里の道を往く

明治から大正にかけて活躍した富岡鉄斎は、「万巻の書を読み、万里の道を往く」という、素晴らしい言葉を後世に遺してくれている。

そのとおり鉄斎は各地を旅し、庄屋のところに逗留して土地を知り、礼に絵を描いてから次の目的地に向かった。そうして自分の知識を拡げていったのである。京の神官でもあった彼は、絵の左側に宋時代の名文家——蘇東坡の詩を書き、その文字がまた味のある素晴らしいものだった。

旅というものは古くから、教育のこの上ない場となってきた。人間が経験を積むための、一種の修業場——道場と考えてよい。無から有をなした人のなかに、かなりがそれにあてはまる。

学業に関して落第生だったアルブレヒト・フォン＝ヴァレンシュタインは、各地を旅してオルミュッツにたどり着き、ここで金持ちの寡婦と知り合って結婚、幸運の一歩を踏み出す。

九ヶ月にわたる放浪の末に掴んだ機会であった。二度の結婚は彼に広い領地をもたらせている。この財力を背景として傭兵隊長の地位を固め、やがて三〇年戦争を迎えるのだ。旅のさなかにプロテスタントからカトリックに改宗、神聖ローマ皇帝の陣営の総司令官の地位にまでのし上がった。

フォン＝ヴァレンシュタインの領地は、プロテスタントから没収したベーメン地方だけでなく、北ドイツのフリートランドにも及び、さらにはメクレンブルク諸侯の土地やサガン侯領まで獲得した。全盛期の彼の食卓には常に一〇〇皿の料理が並び、領内では彼の肖像を描いた数多くのバラエティの金貨や銀貨が流通、その強大な経済力を物語っていたのである。

もし彼が学業に優れていたとしたら、極めて平凡な人生を送っていたかもしれない。けれどドロップアウトしてヨーロッパを転々とした経験が、歴史に名を残すことになったのだから運命の皮肉と言えよう。

●豊臣秀吉のフィールドワーク

のちの豊臣秀吉――木下藤吉郎も、戦傷を負った足軽の息子に生まれ、成長すると遠江方面に行商の旅にと出ていた。そこで仕官もしているが、やがて将来性を織田信長に見出し、その下で出世の糸口を掴んでゆく。幼少からの旅や商売の経験が、対人関係などを彼に学ばせ、気難しい主君のところでの成功を得たのだ。

もし藤吉郎が学問だけを終えて信長のところに仕官していたら、いつかは明智光秀のように地位を失っていたのでは、と考えられる。下から叩き上げた経験と東海道の旅の経験——それらが彼の最大の武器なのであった。

この人物が足軽の子から天下人にまで出世した礎は、すべて信長の麾下で成功したことであり、判断能力の的確さが同僚の武将たちのなかで、一頭地抜いていたのを誰も否定できないだろう。テレビドラマに描かれているような軽薄な人物では、少なくとも天下統一まではなかったと断言してよい。

●仕事と趣味で他人の二倍生きる

フィールドワークの重要性を趣味の世界に逸速く取り入れ、顕著な成功を収めた人が私の知人にいる。私の大学の一〇年先輩の松本純一氏で、切手の研究家として国際的に名高く、世界的な切手展の大金賞（グランプリ）の常連であった。

一九九三年頃に松本氏の著書の書評を依頼され、初めて著作に目を通してみて大いに驚く。普通は『横浜にあったフランスの郵便局』というタイトルだと、たいていのコレクターの作品では、切手と切手付封筒が並べられ解説がある、といった程度だ。ところがこの本には実に広く多方面への記述があって、幕末から明治初期の郵便局を利用したフランス人名鑑でもある。

とりわけ感心したのは「フランス横浜郵便局長」だった、アンリ・デグロンに関する調査であった。一〇〇人が一〇〇人、「誰？」と訊くようなこの人物を、フランスなどの研究家と協力、調べ上げて纏めた章がとりわけ興味深い。

日本にいるフランス人が本国などに書状を出す場合、居住地から横浜局までの料金を日本の郵便切手で貼る。同時に横浜から宛先までの料金をフランスの郵便切手で貼った上、「気付」のような形で「デグロン君」と記したのだ。

この人物の日本での二〇年間だけでなく、松本氏はさらに帰国後の彼を追跡し、住んだ家や墓地まで訪れている。こうしたフィールドワークが、その研究に厚味を加えたのは間違いない。

住友系企業で要職を歴任しながら、余暇を研究に費やしての成果である。高いレベルのフランス語と英語の語学力もまた、両方の分野で活かされたと考えられる。常日頃から「仕事と趣味で私は他人の二倍生きている」と口にされるが、仕事と趣味の相乗効果が見事に発揮された例と言えよう。

フィールドワークは一見すると地味だが、物事の背景を知るにこれ以上の手段はない。いくら資料を山と積んだとしても、現地を一歩踏査したのとでは、条件が全く違ってしまう。ナポレオン関係を例にとっても、一二月のアウステルリッツ古戦場の寒さは凄まじかったし、六月のワーテルロー古戦場は午後九時でもまだかなり明るかった。会戦があったのと同じ時期に訪れてみるのもまた、新しい発見にと繋がるものである。

15、自動車のナンバーを憶えろ

●六〇歳からの脳トレ

私がこの一〇年以上、頭のトレーニングとしてやっていることの一つに、すれ違う自動車のナンバーを瞬時に記憶する、というのがある。幸いにして近視でも老眼でもないので、視認という面での問題はないからずっと続けている。

地域の表す文字と平仮名は除く、七桁の数字という意味だ。これを読んでしまっては、とても全部を憶えられない。目に焼きつけるやり方で、一瞬のうちに全体を捉える。慣れてくると地域を表す文字と平仮名まで、そっくり記憶に残るケースもある。

ただ数字を憶えても面白くないから、マージャン式に組み合わせるようになった。マージャンは基本が一三枚だから、六枚はもうできあがっているものとし、残る七枚を七つの数字と考える。頭が一組――二枚要るので、残る五つが勝負ということになる。

あるいは頭がまだなく８８８５５５３といったものだと、３か４で上がるテンパイ状態である。１２３４５６７なら、１か４か７で上がるテンパイだ。

下らないことかもしれないが、動体視力を鍛え、頭の回転を訓練するという、素晴らしい効果が見られる。それにもし強盗や轢き逃げという犯罪現場に出会したら、捜査の手掛かりを提供もできる。

私は夜になると犬と一緒に散歩に出るが、このとき駐車している自動車のナンバーがやはり気になってしまう。四桁の部分が下一桁だけの０００１と０００２という番号を、家から少し離れた向かい合わせの家で発見できたり、ある会社は何故か所有車が３９ばかり、という面白いことを発見することもある。

停車している車両のナンバーは、すれ違いざま憶えるのと同様、一瞥して目をそらしこれまた記憶に焼きつける。例えば下二桁だけの４８番だとしたら、００４８として考えればよい。もし三桁部分が３２０なら、８の待ちのテンパイだ。

かなり慣れてきても難しいのが、双方とも時速八〇キロメートル以上ですれ違う、高速道路でのナンバー判読である。これだけはかなり規則性を有していてくれないと、「？」ということになってしまう。七つの数字が六種ぐらいで構成されている場合もまた、頭のなかで組み合わせに失敗すると、普通の道路でも一瞬惑うのだ。

このとき一番重要なのは、インプットした情報をできる限り速やかに、アウトプットするということに尽きる。もしよしんば記憶できていたとしても、きちんと情報として整理した形で、他人に示せなければ無価値だと言える。

もちろん自分自身についても、記憶した事柄に交通整理ができていなかったら、実践の場で何一つとして役立てることができない。整理するという能力を鍛える意味からも、数字は一番対象として適しているだろう。

「どうも記憶力に自信がない」と言う人がいるが、これは過去において人間の持つ記憶という機能を、あまり鍛えてこなかったからだと思う。ときおり何らかの形で記憶を刺激し、思考回路を繋がるようにしておきたい。

ただし一般的な仕事や生活において、過剰に記憶に頼ることは止めよう。万が一にも記憶から欠落したら、とんでもない失敗に発展してゆくためである。その意味で前にも述べた「備忘録」の活用、あるいは目立つところに太い文字、あるいは色を違えた文字で記したメモの常用を、強く勧めたいと思う。

それでは記憶した事柄はどのように用いられるべきだろうか？

私が記憶の蓄積は経験値となり、咄嗟の場合にどれを選ぶかという、選択の際の重要なデータだと考えてきた。頭のなかにおける統計値としての価値を認めており、判断の際の有力な条件提示をしてくれる、と確信しているのだ。

そしてここ一番のとき、先程のアウトプットとなってくる。決断を下すための有力な要素と考えて間違いない。このアウトプットのタイミングが遅れると、時すでに遅しとなるのは言うまでもないだろう。

●一人「神経衰弱」の効用

私が自分自身の記憶力を低下させないようにし、なお可能ならまだ鍛えようとしている方法を、一つここで紹介しておこう。

それはトランプの神経衰弱を、一人でやることである。五二枚すべてでは多過ぎるので、一六枚――八組だけ選び出して絵（数字）の部分を上に向け、数分（慣れたら一分）だけ記憶してゆく。次いですべて裏返しをして、一組また一組と合わせ始める。

最初は八枚――四組から始めてもよい。訓練には一六枚――八組が一番適している。それ以上増やしても頭が疲労するだけで、顕著な効果はあまり見られなかった。大体のところ一六枚がすべて合うようになると、神経衰弱のゲームはまず勝てるようになってくる。そこで自分に順番が回ってきたら、まず逆転勝利が確実だからだ。

このときもせっかく憶えこんだことを、すぐにアウトプットできなければ、ゲームに対応できず急かされたりして勝てない。そうしたあたりの訓練をも、しておかねばならないだろう。

だが、ともかく第一歩は一六枚を記憶することに始まる。

物事を記憶しようとしているとき、最も肝要なのはそれについて言葉を発することだ。

「ハートの8」とか「スペードのキング」といった具合に読み上げてゆく。次いで各々の位置――中央左側とそこまでインプットしておけば、思い出すとき座標を与えられる。すこしでもひっかかる部分を多くしておくことにより、そのポイントを検索のときの糸口とする。

あとは静止画像的な記憶よりも、動画としての記憶の方が一連のものとして、後刻思い出しやすい。ＶＴＲ録画の再生の要領で、順番にたぐり寄せてゆくわけである。何しろ記憶のなかに流れを生じさせ、次から次へと秩序立てて思い出す。

私が作家になって数年後、四半世紀全く会っていなかった同窓生と偶然、飲んでいて再会したことがある。このとき私は学生食堂で彼がいつも一緒だった連中の名を、すぐに挙げていったら大いに驚いていた。

普通の記憶術は昔の思い出をモノクロの卒業写真から探すようなのに対して、私のやり方は相手が動きカラー画像だから、自分からこちらの視野に飛びこんできてくれる。その差は実に大きい。

●ナポレオンの血と骨

私は人類史上最も頭のよかったのは、ナポレオン・ボナパルトだったのではないか、と信じている。卓越した数学の能力だけでなく、戦術など軍事学に優れていた上に、読書に励むなど向学心が素晴らしかったからだ。

コルシカ島出身だからフランス語は外国語同然というハンディがあり、幼年学校で原語風に「ナポレオネ」と名乗ったところ、「鼻についた藁くず」としか皆には聞こえず、笑い者になったことすらあった。

言葉の壁を克服できないままにそれでも学業は優れ、一七八一年から八三年にかけての九月の期末公開試験で、幾何学賞、代数賞、三角法賞という順にて三年連続受賞している。これには級友たちが吃驚仰天した。陸軍士官学校へ進んでからもその資質は一頭地を抜き、普通卒業までに三年を要するところ、一一ヶ月で終了試験に合格してしまった。次に早かった級友はさらにそれから一年後というから、抜群の学力を示したのだ。

その上に少尉に任官したのがさらに二ヶ月後だから、とんでもないスピード任官だと言え

ナポレオン・ボナパルト将軍が三階級特進したトゥーロン——中央彼方に小ジブラルタル高地。

た。一六歳三ヶ月の砲兵少尉の誕生だったのである。砲兵少佐として派遣されたトゥーロンでは、一時は軍法会議の声が出るほどの独断専行の結果、大殊勲を立て三階級特進し少将となる。このあたりも軍事の天才と評する以外にない。

フランス革命の混乱下も上手く切り抜け、かえって反革命派を鎮圧、中将に昇進を遂げた。イタリア遠征でもいよいよ軍事的な評価が高まり、〈モニトゥール〉紙を創刊してメディア戦略まで手がけたのだ。マスコミ利用の先駆者と言ってよいだろう。

そのナポレオン――ボナパルト将軍が最も嬉しかったのは、一七九七年一二月二五日のこと、フランス学士院会員に選ばれたことであった。物理・数学アカデミー部門の会員であり、文字どおり実力での選出だから、彼を喜ばせたのだ。

同じ頃の〈ナラトゥール〉紙の記事には、

「ボナパルト将軍は、ラグランジュやド＝ラプラスと数学を、シェーヌと形而上学を、ド＝シェニエと詩を、ガロワと政治を、ドヌーと法律を論じ、その豊かで幅広い学識により彼らを驚かせた」

と、広く報道されているのである。

これは将軍が士官候補生や下級将校時代を通じ、食費を削ってまで読書に熱中、幅広い知識を養ってきた結果と言えた。頭脳が卓越していた上に努力を重ねたのだから、当然のことだろう。その読書もまた単に読み捨てにするのではなく、一冊一冊丹念に読書ノートへ感ずるところを記録していった。それらがすべて血となり肉となって、彼の知識の源を形成していったのだ。

そうしたナポレオンの教養の深さが、天与の数学の才能と相乗効果を生んで、東はポーランドから西はピレネー山脈という、広大な版図を手中に収めさせたと言える。あのプロイセンのフリードリヒ大王の軍事的資質が、わずか四半世紀後に影の薄いものとなったほど、彼の天才は栄光に満ちていたのである。

前述の〈ナラトゥール〉紙の記事は、各分野の当代きっての碩学たちと、しかも彼らの専門分野で論じ合ったのだから、ただ「驚異」と評するしかない。各分野に幅広い知識を有していることは、一つの物事を多面的に考察できるのを意味する。

このため軍事知識だけで育ってきた各国の将帥たちは、全能の神のような軍司会官と、真っ向から戦う宿命を負わされたのだ。過去の体験を全く役立たなくされた。どうやら膠着状態に持ちこんだとしても、そこへ三日前に二〇〇キロメートル彼方にいた別働隊が、いつしか戦場に現れてそれに撃破される、という信じられないことが起きた。

戦場で対峙したときも、ヨーロッパ諸国の軍隊は一分間に八〇歩移動するのに対し、ナポレオンのフランス軍は一二〇歩を進撃してくる。相手より五〇パーセント大きいその行動力は、心理的に相手を圧倒するのと同時に、敵陣に突入した場合の強い衝撃力を生む。それに耐えられず各国の軍隊は敗北を重ねていったわけである。

しかしながら一八一〇年に再婚したあたりから、ナポレオンの卓越した判断能力が見られなくなる。まだ四一歳だから老けこむ年齢ではないのだが、やはり下級将校時代——一七八五年から九三年にかけての八年間、食費を節約して書物を買ったという期間の栄養失調寸前の状態が、早い老いの訪れに影響した気がしてならない。

一転して権力を握った三〇歳前後から以降は、飲食とそれによる肥満が彼を悩ます。また痔疾によって騎乗が辛くなり、軍の先頭で味方の将兵の士気を鼓舞する機会も減った。

役立たずの兄のジョゼフは、母親のマリア＝レティツィアに泣きついて、「兄にふさわしい」領地を与えるよう要求してきた。妹たちの多くも夫を引き立ててくれるよう、顔を合わせるごとに頼みこんでくる。そしてついに兄のためスペインを手に入れるべく、本格的なイベリア半島での作戦を始め没落の第一歩を踏み出した。

●ヒトラーの記憶力と変貌

その一二〇年後に生を受けたアドルフ・ヒトラーは、むしろ数学については劣等生であり、上級教育の機会をそれがため逸してしまっている。そこで芸術家——画家を志したのだった。

ところがこの人物の記憶力もまた、抜群のものがあるのだ。軍の首脳たちと会話をしていて、潜水艦に積める砲といったような話題が出たとき、必ず思いつくのはヒトラーその人だったと言われる。

「それは大戦のとき見た記憶がある」

そうしたヒトラーの言葉に、幕僚が調べると正解であったから、誰もが舌を巻いたらしい。このあたりは第一次世界大戦に志願、二等兵から叩き上げたヒトラーならではの知識だろう。彼は必要なときそうした記憶が、連続して画像で思い浮かぶタイプだと信じられる。

政権を握ったのが一九三三年一月だから、四三歳で首相の地位に就いている。それから七年ほど——五〇歳までのヒトラーは、大戦の敗北と二三年の未曽有の大インフレーションで打撃を被ったドイツを、逸速く復興させてしまった。アメリカのルーズベルト大統領など、二九年の大恐慌から立ち直れずに苦悩していたときだ。

ヒトラーはその優れた記憶力を活かし、首相就任以来、国家再建に顕著な実績を挙げていった。そこには三つの時期が存在した。

第一に一九三三年から三七年にかけての、史上に名の残る名宰相としての時期。

第二に、一九三八年から四一年にかけての、戦史に輝く優れた作戦指導を行った名戦略家としての時期。

第三に、一九四二年から四五年にかけての、健康状態悪化による衰退時期。

この最初の時期に関しては、ピューリッツァ賞作家のジョン・トーランドも、

「もしヒトラーが一九三七年までに死んでいたら、ドイツ史上で特筆されるべき名宰相であった」

と、その著作のなかで指摘している。

つまりヒトラーは五〇代に入ってから、体形もがらりと変化してゆき、思考状態も不安定になった。一九四一年の終わりに、グデーリアン上級大将を更迭した、そのあたりから以前と同一人物とは思えない激変ぶりを見せたのである。

私はヒトラーに母親の違う兄がいることから、ドイツ国防軍内部の政争で本物が幽閉され、それ以後の作戦がおかしくなったという小説を書いたことがある。そう思えるほど第三の時期の戦争指導はお粗末だった。

私はそのあたりの原因を、ウィーンに住んだ一九〇八年から一三年までの五年間の、貧しい食生活にあるのでは、と考える。一九歳から二四歳という青年期であった。

ヒトラー自身はその頃を、毎食が猫の食事——ミルクとパンだけだった、と述べている。ナポレオンもまた同じような時期に、食費を削って書物を購入していた。これがヒトラーの五〇代から、そしてナポレオンの四〇代からの衰えに、絶対に関係したはずであった。

いかに素晴らしい性能を有する高級車でも、ガス欠だったら動かなくなるし、粗悪な燃料で走らせたらエンジンの寿命も短い。私はこのようなたとえを、外地や家を出て生活する娘たちに話し、栄養に気を配るよう促した。そしてナポレオンやヒトラーのように、徒手空拳から国家の権力を握った人物でも、途中から判断ミスが増加していった、との事実を補足したものである。

●私の記憶力強化法

私は記憶力に自信があるが、それは古い記憶についてで、最近の出来事や近日中の約束事は必ずメモする。一ヶ月の予定表に何はともあれ片っ端から記入して、執務机の前に置いておく。

また何か新しい事実が見つかったとき、ついでのときノートへ転記しておけばよいだろう、とは決して考えない。すぐさまメモ用紙を片手にそのノートを探し出すと、しっかり時間を置くことなしに記録する。

いったんそうして整理しておくと、記憶にも鮮明な形で残っており、後刻必要になったときさほど苦労せずとも、ノートのその箇所にたどり着けるのだ。これは時間をロスすることが少なく、仕事を進める上からも極めてありがたい。

私は自分の仕事柄、記憶力に強い関心を有してきた。そのために実践してきたことが幾つかあるので、それを参考のために披露したいと思う。

第一には、栄養のバランスに配慮し、大体のところ二日単位で内容をチェックしている。配偶者を喪くし単身の生活だから、誰も気を遣ってくれないためだ。

第二には、足の健康に注意することである。これはまず運動不足にならない点への配慮で、犬との散歩も日に二回にした。足を動かすのは頭の天辺の血流と密接にかかわりを有しているからだ。運動不足と感じたら、二階への階段の上下を余計にやり、爪先立った屈伸をも加えておく。

第三には、なるべく多くの新しいことに関心を抱くようにし、新聞で面白そうな雑誌の広告を見つけると書店に出かける。また手軽だがＡＫＢ48のメンバーの顔と名前を憶える、というのも若い女性との会話の話題に不可欠である。つまり新しい知識――情報の収集による脳への刺激、というわけだ。

人間の脳は刺激を与えれば与えるほど、退化を防ぐことができる。あまり考え過ぎると「脳軟化になる」という者がいるが、私はそれとは逆だと信じている。

何故なら私の父親は六一歳で病没したが、胸部の大手術を受ける前は超多忙で、療養生活に入ってからボンヤリ過ごせる時間が増えた。つまりあまり激しく頭を使わなくなって五年ほど経過して亡くなったが、死後に解剖したところ脳軟化症が現れ始めていた、と主治医から伝えられた。

――人間の脳とは怠け者なんだ！

それが結果を知った直後に抱いた、私の「脳」についての印象だった。

記憶は強烈なインパクトがあったことを中心に、頭のなかにしっかり残されてゆく。その容量には制限があるとみえて、重要性の少なかったり思い起こすことがないと、いつの間にか忘却の彼方に消えてしまう。そしてある時代からは古いものがしっかり残り、近年のものの方が薄れてゆくから、これはまた面倒な代物と言える。

16、賭博行為に出るのも将たる要件

●彼はツイているか？

戦争――戦闘には賭博的要素が極めて強いことは、陸海軍の図上演習で損害を想定するとき、二〇面サイコロが使われることでもよく理解できる。いったん遭遇戦が始まってしまえば、彼我の損失はそんな感じで生じるのだ。

あの『戦争論』の著者であるカール・フォン＝クラウゼビッツも、

「戦争には賭博――偶然性が付随している」

と、はっきりその著作に書いた。

ナポレオンは部下の大佐を将官に任命するとき、ただ一言「彼はツイているか？」とだけ聞いていて、肯定的な返事があると書類に署名した。多くの兵力をその男に託するのだから、当然と言えば当然の質問だろう。

運が大切なことは下級の将兵も同様で、ツキのない人間は部隊の死傷がわずか五パーセントのときでも、そちらの側に入ってしまった。逆にツキのある人間は死傷が七五パーセント——つまり部隊が壊滅状態でも、彼だけ無傷で戻ってくるといった具合であり、いかに運の強さが左右するか如実に物語っている。

後者の例のような指揮官だと、やがて進級して高級将校となり、戦史に名を残す将軍になるのだ。もちろん運だけでなく、児玉源太郎大将のように抜群の才覚があると、誰もが知る歴史上の人物となりうる。

児玉は明治維新がなかったら家名の復興がならず、また萩の乱では一弾を受け医者が治療を一時断念した。神風連の乱では標的となっていながら難を逃れ、西南戦争では熊本城弾薬庫の火災から危うく助かっている。それ以後の出世ぶりは既に述べたとおりである。

このようにツキを持った人物だからこそ、旅順を攻囲した第3軍司令官——乃木希典大将から指揮権を委譲されると、すぐに敵の防備の欠陥を見抜いてしまい、一週間で二〇三高地の攻略に成功できたと言える。

もちろんそこには虎の子の二八センチ榴弾砲をすべて集中投入する、という賭博行為をやっていた。第3軍の参謀長以下、全幕僚が反対したことだ。けれどそれが実に効果を発揮し、旅順攻撃は愁眉を開いたのであった。

そこで児玉がやったことは、有り金のほとんどをすべて一ヶ所に賭けた、という行為に相当した。そしてそれによって彼は成功を収め、満洲軍総司令官たる大山巌之師の面子を保ち、日本軍全体の威信をも保ったのだった。

日露戦争で勝利の戦陣を切った黒木為楨大将。

●初志貫徹

やはり日露戦争で賭博行為を、それも開戦直後の最初の会戦でやってのけたのが、第1軍司令官——黒木為楨《ためもと》大将であった。彼は強気の高級将校として広く知られ、緒戦での勝利を期待されての起用だ。

児玉源太郎大将は参謀本部次長——次いで満洲軍総参謀長となるが、戦時外債の売れ行きによっては継戦が不可能だと、直接本人に告げ祈るような気持ちで送り出していた。黒木はその重責を大いに喜び、勇躍ロシア軍の布陣する九連城へと向かった。

作戦実施は明治三七（一九〇四）年五月一日と決定された。第1軍は着々と準備を整えて、総攻撃の日を待つ。ところが東京の大本営から緊急の連絡が入り、遼東半島の付け根あたりに上陸する第2軍の準備が遅れたことにより、総攻撃を延期できないかと要請してきた。

普通の軍司令官なら後日のことを考え、大本営からの指示と解釈、延期してしまったであろう。ところが黒木はこれを断固はねつけて、作戦計画どおりに戦端を開く。

そして戦いは予定されたごとく、第1軍麾下の三個師団がそれぞれの役割を果たし、九連城とその周辺に拠るロシア軍を撃破、鴨緑江一帯から駆逐してしまった。第1軍司令部では当初、損害が死傷六〇〇〇を覚悟していたものの、実際は九〇〇で済んでいる。

黒木の賭博行為の成功証は、実のところ戦闘終了後にはっきりと示された。すなわちこの日の夕刻から上流で大雨が降り始め、翌日の鴨緑江は増水により渡河不能な状態に陥ったのである。もし彼の賭博行為――大本営の要請の拒絶がなかったら、満洲軍の展開にも大きな影響を及ぼしたと言えるだろう。

日露戦争時にロンドンで売り出された日本の戦時外債。

かくしてロンドン市場での戦時外債は順調に売れ、一番危惧された戦費調達について一安心となった。そして黒木の賭博行為はそれからも続く。

遼陽方面で満洲軍主力との合流を命じられた第1軍は、山間部を進撃することとなるが、険しい弓張嶺にロシア軍が布陣していた。断崖の上の陣地だから無理攻めしたら最後、大損害を被るのは目に見えた。そこで師団単位——二個旅団による夜襲を実施、一気に突破口を拓く賭けに出たのだ。

月が中天から姿を消す八月二〇日〇三三〇時から開始された作戦は、ロシア軍を大いに驚かせたが、彼らは遼陽へ通じる要衝を譲れない。激戦は一一三〇時——八時間にわたって続き、ついに第1軍の第2師団は弓張嶺を占領した。かくして黒木は遼陽の東——太子河岸にまで、タイムリミット以内に進出を果たしたのであった。

そして遼陽での主戦場で奥保鞏《やすかた》大将の第2軍が劣勢に陥ると、黒木は八月三一日に第1軍主力を太子河の対岸に渡河させ、遼陽の側背を衝く動きを示したのである。これに驚いたロシア満洲軍総司令官——アレクセイ・クロパトキン大将は、勝ちかけていた遼陽正面から兵力を割き、第1軍の行動の阻止に向かわせたのだ。

この誤てる判断により、奥の第2軍は惨敗の危機を辛うじて免れ、主戦場が黒木第1軍の正面にと移ったことになる。そして黒木は太子河北岸の拠点を確保、ついには遼陽からのロシア軍撤退を強いた。

小部隊でもって活発な動きを対岸の敵に見せ、その隙に主力が別の地点で太子河を渡河する展開は、またしても第1軍の観戦武官たちを吃驚させた。この基本的な考え方は一〇年後の第一次世界大戦で、ドイツ軍によるタンネンベルク会戦の基本となっている。

黒木の賭博行為は勝てるとの自信があったであろうが、ともかくその思い切りのよさに感心してしまう。彼はいったん作戦を実施したら、多少の紆余曲折があろうが途中で迷わず、ただひたすら貫徹を心がけた。

大事をやってのける場合、一番大切なのが初志を貫くことである。中途の段階で決心が揺らいだら、とても大きな成功など覚束ない。賭博行為で賭け金が心配になった人間が、最後の勝利を収めることなどまず難しいのだ。

●ナポレオンの見切り千両

いったん置いた賭け金を、状況の変化により惜し気もなく捨ててしまい、より大きな勝負に出てゆくという者もいる。一七九六年にイタリアへ進撃していた、ナポレオン・ボナパルト将軍がそれだった。

敵はイタリアを支配下に置くオーストリア軍だから、遠征軍たるフランス軍は兵力的に劣勢である。それでも要衝のマントバを攻囲し、終始にわたり有利な戦いを続けた。ところがこのときオーストリア軍は大軍を増派し、カスティリヨーネまで兵を進めた。

師団単位で各地に展開していたフランス軍を、ボナパルトは鉄則どおり兵力の集中に出た。

問題は腰を据えて攻囲戦を戦っているマントバであった。攻城部隊をどうするかが大きな勝負の岐れ目となる。

このときボナパルトは、攻囲を解いての兵力の集結を決断した。運搬不能な火砲をすべて破壊し、部隊をカスティリヨーネにと向かわせたのだ。これをカール・フォン＝クラウゼビッツは高く評価している。

フランス軍は全軍でカスティリヨーネに赴き、ここでオーストリア軍を撃破していった。ボナパルトは五日にわたる会戦に勝利を収めるが早いか、すぐにマントバへ攻囲軍を派遣、元の状態にと戻してしまったのだから驚く。

ボナパルトの考えは、マントバ攻囲軍の大砲が一〇〇門喪われようが、続く一連のオーストリア軍との戦闘で勝ち、一〇〇門を鹵獲《ろかく》

マントバの戦場で大砲の破壊を命じるナポレオン・ボナパルト将軍。

すれば損得勘定はゼロ、というものだったはずである。当初はもったいないようだが、砲弾や火薬さえ運搬できるなら、さほど問題ないとの結論に達したと言えよう。

　これほど見事な非の打ちどころのない思考回路を示したボナパルト――ナポレオンが、最後のワーテルロー会戦では兵力の三分の一を割く、という痛恨の失敗をやってのけた。あそこでは彼は逆の目に賭け金を投じ、そして裏目に出たと考えてよい。

　それと同時に若い頃からフル稼動してきたその頭脳が、一種の金属疲労の状態になっていたのではないか？　彼は限界を認識していなかったのと、然るべき人材の育成を怠ってきたことが、帝国の破綻を招いたのだ。誰が何と言おうがワーテルロー会戦は、兵力の一点集中だった。

　そうした場合、戦うべき相手の優先順位を決める。イギリス軍のウェリントンなら、二度戦えば一度勝てるから、確率は五〇パーセントである。プロイセン軍のフォン＝ブリュヒャーなら、三度戦って二度以上勝てるので、七〇パーセントの勝率と踏む。つまりウェリントンと先に戦い、プロイセン軍なら多少戦力が低下しても勝てる、との計算が成立するのだ。

　またナポレオンは人事のミスも犯した。百歩譲って別働隊を出すなら、ネイ元帥に率いさせるべきであった。頭の硬いド＝グルーシー元帥は、ワーテルローで戦端が開かれたのを察しながら、皇帝からの命令を墨守して決戦に間に合わなかった。ネイならいったん下された命令を無視、という賭博行為ができたはずだった。

●人事を誤るな

日本海軍の山本五十六元帥は、ロンドンの駐在武官時代、ポーカーの名手として鳴らした。その腕前は生半可でなく、海軍の軍人のあいだで誰一人知らない者がなかった。

提督は対米開戦が決定されたとき、

「最初の一年は暴れ回れるが、それ以降については……」

と、言葉尻を濁したと言われる。

駐在武官として欧米を知る山本としては、日本の国力がその程度だと踏んでいたのだ。このため開戦劈頭の奇襲攻撃で多大の損害を与え、回復不能なところまで追いこみたい、と念願しての真珠湾攻撃作戦だった。

賭博行為に長ずる山本は、そこにおいてアメリカの空母を複数捕捉、撃滅して太平洋での航空戦に有利を占めたい、と考えた。ところが戦艦ばかりで空母が皆無という見込み違いを招く。

真珠湾の報復としてアメリカもまた、空母から陸軍の爆撃機を出撃させ、東京を空爆するとの賭博行為に出た。戦果は大したことがなかったものの、「帝都空襲」の衝撃はこの上なく大きく、日本軍はミッドウェーを占領して、アメリカに思い知らせようとした。

ところがこれは拙速を絵に描いたような作戦計画となった。虎の子の空母四隻を出撃させるにもかかわらず、図上演習すらやらずぶっつけ本番に臨んだのである。暗号を解読していたアメリカ海軍が待ち構えるなか、日本海軍は奈落の底へと沈んでいった。

山本はこの大きな賭博行為の頂点に立つ指揮官に、真珠湾のときと同様、南雲忠一中将を起用している。真珠湾では第三次攻撃が主張されたものの、彼はアメリカ軍の反撃ばかり危惧し、中途半端な状態で切り上げさせた前歴があった。またしても攻撃部隊を指揮したこの人物は、雷装か爆装かで迷いに迷った挙句、先にアメリカ軍機の攻撃を受け大敗した。

博才に秀いでた山本だが、南雲についての評価を間違えた。南雲の家系は代々が米沢藩士である。越後から上杉景勝に従ったもので、この姓は山本の出身地——長岡周辺に多かった。それが同じ海軍の後輩とあって、南雲に対し親しみを持っていたと推測される。そんなこだわりが山本の勝負への勘を狂わせた、と言えるだろう。

連合艦隊司令長官としての山本は、戦前の言葉どおり一年ほど大暴れしたのち、昭和一八（一九四三）年にブーゲンビル島上空で、搭乗機が撃墜され戦死した。彼もまた人事で失敗した一人、と考えてよい。

●アイゼンハワーの運命を拓いた賭博チャレンジ

黒木為楨の鴨緑江渡河作戦は当初の計画を断固貫きとおして、日本軍の陣営すら考えの及ばない大戦果を得た。それと同様に低気圧の居座りによる悪天候を、全く意に介さず作戦を計画どおり実行し成功したのが、ノルマンディー上陸作戦のドワイト・アイゼンハワー大将である。

一九四四年五月末頃から、イギリス海峡の上空の低気圧は海を荒れさせ、誰が考えても海岸への上陸作戦など考えられなかった。ノルマンディー方面のドイツB軍集団司令官のエルヴィン・ロンメル元帥もまた、六月第一旬の上陸作戦はないと判断、南ドイツの妻の待つ家へ帰ってしまった。

あまりの荒天のため連合軍内部や幕僚たちのあいだに、上陸作戦の順延を主張する声も多く出ていた。けれどアイゼンハワーは将兵の士気を維持できないと判断、あくまで最初の計画を変更しようとさせなかった。

アイゼンハワーは実戦の経験もなく、ウエストポイントの席次も一九一五年卒業生一六四名中、六一番という目立たない存在である。その軍隊生活はデスクワークが中心で、「事務屋」としての才覚で軍隊に残れた、と言われていた。連合軍を纏める立場の将軍として、彼の調整能力が買われたのだった。

そうした平凡な軍人が、人生で打ったたった一度の賭博行為――それが断固として作戦開始の六月六日を動かさなかったことだ。北部フランスを襲っていた荒天は、ドイツ軍の多くの高級将校たちを油断させ、ロンメル以外にもパリへ出かけたり、他所の土地の将校たちの集会に出かけたりと、ノルマンディー方面を留守にする指揮官が相次ぐ。つまりがら空き状態だったのである。

アイゼンハワーにとって幸運だったのは、夜半に空挺部隊の降下が実施されたときまで続いた悪天候が、明け方になると収まり始めていたことだ。上陸予定地点の海岸は、兵員や装備の揚陸に支障ない程度にと、急速に波高が安定していった。

連合国軍内部はイギリス軍の目立ちたがり屋――バーナード・モントゴメリー元帥がいて、常に自分が一番上位の将軍であることをアピールした。ところがアメリカ軍の勇将として知られるジョージ・パットン中将は、シチリアで、そしてアルデンヌで、文字どおり戦場において元帥の鼻をあかせてしまった。

アイゼンハワーは連合軍の調和のため、パットンに対して厳しい態度で終始したが、アルデンヌでのモントゴメリーの虚言に対しては、流石にイギリス政府へ強く抗議し謝罪させている。やがて元帥府に列せられた彼は、第三四代大統領に当選し二期在職する、という幸運にも恵まれたのである。これもまたパットンが四五年に交通事故が原因で死亡しなかったら、共和党は国民的人気のある彼の方に、大統領候補として白羽の矢を立てていただろう。

人生の歯車が一九四四年六月六日の賭博行為を境に、一挙にアイゼンハワーの人生に微笑んだと言っても過言ではない。伸るか反るかの大勝負は、人生において何度もその機会に恵まれることなどない。これがやれるかどうかですべてが決まるわけだから、度胸一つになってくる。

●乾坤一擲ができるか

大軍に城を包囲され劣勢な状態のとき、その指揮官は誰もが乾坤一擲の勝負を考えるだろう。ただ手を拱《こまぬ》いているのは臆病者――そして戦後の日本人ぐらいだと思われる。

一四五二年のコンスタンティノープルは、ひたひたとオスマン・トルコの跫音が聞こえてきていた。一四世紀末から一五世紀初頭にかけて、バヤズィット1世は四度にわたりこの地を攻めており、五一年のメフメット2世の即位が本格攻勢の再開を告げたのである。

それに対してビザンツ帝国の皇帝たるコンスタンティヌス11世は、城内の人口一〇万のうち徴募に応じた五〇〇〇、それに傭兵二〇〇〇という兵力しか集められなかった。このとき皇帝の下すべき決断は、一五歳以上男子の強制徴兵であった。もしそれに従わない者があれば、全

オスマン・トルコのメフメット２世の肖像とイスタンブールを描くトルコの1,000リラ紙幣（1986年）。

財産没収の上で城外に放り出せばよい。

また一五歳から五〇歳の女性に関しても、見張り番や伝令、あるいは弾薬運搬に従事させられるから、追いかけ徴兵することが望ましい。こうして城内から無為徒食の人間を一掃してゆくべきだったのだ。

このような皇帝の方針が確立されれば、たちどころに二万から二万五〇〇〇の戦闘要員に加えて、ほぼ同数の准戦闘要員が確保できる。傭兵を合わせわずか七〇〇〇の兵力で城壁をカバーするのに対し、全く状況が一変してしまうことを意味した。

古代から中世の戦闘は、何しろ兵力が勝敗の行方を左右する場合が多い。城壁に拠る戦いは頭上からの投石まで戦法となるから、非熟練戦闘員でも構わないのだ。それに目があれば敵の接近を休憩中の戦闘員に知らせることも可能なのである。

コンスタンティヌス11世は、籠城戦における鉄則――兵力と備蓄食糧のバランスを、全く考慮していなかった。一〇万の人口が一日に消費する食糧は莫大な量に達する。二〇人に一人しか志願しないのだから、これはもう城内にいることが利敵行為としか言えない。

長期にわたる攻城戦には、最終的に飢餓が大きな敵となる。ヨーロッパの城は城壁が市民まで護っているのに対し、日本の城は町民を護る対象としておらず、非人道的だと書いた者がいた。ところが非戦闘員まで抱えこんだらどうなるか、そんな結果は誰でもわかる。西南戦争での熊本城の籠城戦を見ればよくわかるだろう。

一見人道的に思われるやり方を、コンスタンティヌス11世と幕僚たちは選び、兵力不足のまま戦い続けた。最終段階で傭兵への支払いに用いる軍資金も不足し、皇帝は教会の財産の供出を要請したが、それもまた拒絶されてしまった。ここでも彼はただ狼狽するだけであった。もし皇帝に十分な軍資金があれば、傭兵の最終段階での離脱を招かなかっただろうし、シチリア方面の第二次以降の援軍も期待できた。

私がもし皇帝だとしたら、金角湾の対岸のガラタ地区に住むジェノバ人たちが、中立を宣言した直後にこれを攻撃し、財貨を奪って彼らの居住区を焼き払った。戦闘地域に近接して中立を主張する者たちがいたら、戦争の邪魔でしかないのだ。彼らはオスマン・トルコ陣営が有利となった終盤、これと協力していたから余計だったのである。

ビザンツ帝国の最大の問題は、軍司令官までがジェノバ人の傭兵であった、という点だろう。ジェノバ人というのは中世の「裏切り」の代名詞で、事実陥落寸前に軽傷から戦意を喪失、傭兵たちを率いて引き揚げてしまう。やはり評判どおりだったと言えよう。

コンスタンティヌス11世は、キリスト教国の危機とあって、ヨーロッパから広く支援があると期待した。ところが救援部隊はついに来援せず、ただ一度だけシチリアから五隻の船が物資を運んだだけだ。援軍がやってくるとのもくろみは完全に崩れ、彼らは兵力不足のまま最後の日を迎えた。

ビザンツ帝国の皇帝は、強権を発動することなく敗れ去った。もし彼が優柔不断で終始せず、ジェノバ人を敵に回しても、やるべき手段を尽くしていたとしたら、より長期にわたって城壁を維持できたと思われる。またハンガリー人のウルバンが売り込んできた巨砲を買っていたら、メフメット2世に大きな脅威を与えたはずであった。何故ならその本営はトプカプ城門から、わずか三〇〇メートルしか隔ててなかったからだった。

私は賭け事を一切やらない。何故なら些細な勝った負けたで、自分の限りある運を使ってしまうのが、もったいないと思うからである。ただしここ一番乾坤一擲の大博打が必要となったときは、もちろん生命を張ってでも勝負に出るだろう。問題は賭けるものが何か、ということだ。

17、時は血なり

●デッドラインとの時間競争だ

「時は血なり！」と言ったのは、スターリングラード攻防戦のソ連軍司令官――ヴァシリー・チュイコフ（一九〇〇―八二）であった。時間は血のように大切なものといった意味と、時間の経過するごとに将兵の血が流されてゆく、という二つの意味を有する。

戦場を本当に理解する者にとって、これはまさに至言である。戦争は休戦状態にない限り、膠着状態であろうとも血が流れる。ひとつ間違えると際限のない消耗戦に突入してしまう、との危険性を常に孕んでいるのだ。

戦争に限らず物事には、時間との競争になるケースが多い。「デッドライン」という言葉どおり、それは厳然とした壁としてそびえ立つ。定められた時間が経過してしまったら、すべて無に帰すのだから重要であること極まりない。

一九四二年八月から四三年初頭までのスターリングラード戦では、ソ連軍の陣営にその認識が存在していた。一方のドイツ軍の陣営——第6軍のフリードリヒ・パウルス上級大将にも、当然それはよく理解できているはずだった。

ところが八月三〇日から三一日にかけての四八時間——パウルスは敵の反撃の可能性を重視して、順調に進展している進撃を停止させてしまった。このときカラーチという地域で、ドイツ軍に退路を断たれる寸前だった、ソ連軍の第62軍と第64軍は辛うじて撤退に成功、スターリングラードに逃げこんだのである。

もしドイツ軍の進撃が停止しなかった場合、第62軍と第64軍は包囲殲滅されてしまい、結果としてスターリングラードには市民しか残らなかったのだ。ほとんど無血入城に近い形になったであろう。独裁者スターリンの名を冠したこの地の失陥は、モスクワ陥落と同じかそれ以上の衝撃をスターリンやソ連の国民に与えたはずだった。

ドイツ軍は一九四〇年のフランス進攻作戦の際にも、ハインツ・グデーリアンの第19機甲軍団が快進撃を続けたとき、カレーまで進んでいたのを三日間——七二時間にわたって停止させた。これによって敗走を続け四分五裂状態の連合軍三五万は、ダンケルクに辛うじて集結してからイギリス海峡を渡った。ここには多数のイギリス軍将兵が含まれており、彼らが殲滅されたり捕虜になった場合、イギリスの政局にも重大な影響を与えたはずであった。

ドイツ軍最高統帥部——ＯＫＷは、その失敗を十二分に認識しているなら、パウルスの誤りを指摘せねばならなかった。ところがここでも具体的な指示は出ていない。

ダンケルクとスターリングラードは、第二次世界大戦における幾多のドイツ軍の戦いのなかで、重要性にかけて最右翼に位置する会戦であった。私は『分析世界の陸戦史』（学研M文庫）のなかで、古代から現代までの二〇の重大な会戦や遠征を選んだが、どちらもそこにリストアップされたほどだ。

どちらも決定的な勝利寸前に、全軍の停止命令だから最前線部隊は驚いたに違いない。とりわけスターリングラード前面では、カラーチの孤立が始まっていたからである。次の一二時間でソ連軍二個軍は退路を断たれ、さらに続く二四時間で壊滅させられたであろうことは、双方の野戦での戦力差からして明らかかと言えた。

広大なロシアの大地では、戦線が想像以上の拡がりを見せる。このとき参謀畑の軍司令官など大部隊の指揮官は、まず全軍の掌握を考えてしまう。だが野戦の指揮官は勢いに乗じて進めるだけ進むという考え方だから、こうした戦況のとき決して停止させない。だからスターリングラードの第6軍司令官が、グデーリアンやロンメルだったとしたら、四八時間のあいだに決定的な勝利を収めていたと思われる。

●「時」を忘れた武将

戦闘はほとんどのケースで時間との競争――時間との戦いになってくる。ところが洋の東西を問わず、それを忘れた指導官たちが見出されるのだ。

その代表的な例を天正一一（一五八三）年の長久手合戦における、羽柴秀吉の配下の将たちの作戦行動から見てみよう。この合戦は明智光秀、次いで柴田勝家を討った秀吉が、織田信長の三男信雄とこれを支持する徳川家康のあいだに、小牧方面で対したことに始まる。

森長可（森蘭丸の兄）と義父の池川恒興は、家康が小牧山周辺で釘づけになっていたことから、その本拠の岡崎を一気に衝こうと相談した。秀吉は危険性が高いと反対するが、甥の三好秀次が大将をと願い出たため、三河進攻作戦が実現の運びとなった。総兵力は一万六〇〇〇である。

四月七日に作戦は開始されたものの、昼近くに到達した篠木でなんと足かけ二日にわたり逗留している。そうしているうちに家康が情報を入手、本拠が攻撃される危機に先発四五〇〇を直に派遣。次いで自らも九〇〇〇の兵力で羽柴勢の別働隊を追った。

池田恒興は山崎合戦の際、秀吉の右翼先陣を進んだ勇将だが、時間に対する観念が薄いという欠点があった。このため途中に位置する守備兵わずか三〇〇の岩崎城をも攻め、これを全滅させ祝勝の酒盛りまで始めた。全く余分のことであるのと同時に、敵地での信じられない行動だと言える。

徳川勢はこの頃に最後尾の三好隊を捕捉すると、軍事的センスに欠如した秀次は無能さを暴露、たちどころに潰走を開始したのである。辛うじて堀秀政が駆けつけ、秀次を救援したのだった。

しかしながら池田隊は長久手に戻ったところ、徳川・織田連合軍に急襲され、恒興の女婿・森長可、恒興、その息子の池田元助が相次いで討死を遂げた。敵を軽視する癖のある恒興は、油断に端を発して一族の者たちを死地への道連れとしたのである。

敵地での軍事行動は、動きがすべて敵に知られている、と考えてかからねばならない。そのため同じ場所に逗留することは、奇襲してくれと要望しているに等しい。にもかかわらず篠木での丸一日と岩崎城の酒宴だから、愚の骨頂としか評価する言葉がない。

こうした敵の本拠を衝くような任務は、ただひたすら歩きに歩いて、目的地まで到達せねばならない。家康からの連絡がつくより早く到達できたら、無警戒のところに攻撃を仕掛けられる、という可能性が出てくるのだ。

もしもう少し気の利いた武将が岡崎攻撃に参加していたら、徳川家康が自分の城を喪失するという、興味深い出来事が起きていたかもしれない。何故なら留守部隊しか残っていない岡崎は、一万六〇〇〇の兵力を長く食い止められないためである。

このとき羽柴軍のやるべきことは、敵の行動に関する情報の入手だった。敵は追撃してくるとの前提に立って、後方を警戒する部隊を配置しておけば、早い段階で察知できたはずである。そこに注意が及んでいれば、当然敵地での速やかな作戦行動にも、その必要性を認識できたはずだ。

●時機を失したら勝機はもう二度と巡ってこない

日本人の血が少なくとも四分の一は入っていた鄭成功もまた、天才的な軍を統率する術を持ちながらも、南京攻撃の際に時間との競争に敗北してしまった。暴風雨で三人の子を喪うなど不運もあったが、肝心の総攻撃を前に持久戦を主張したのだから、自らの勢いを削いだ恰好となった。

この成功が青年時代、中国大陸では明朝が北からの脅威――女真民族の清により、とって代わられようとしていた。彼は南京に留学するため現地を訪れており、戦乱のなか辛うじて父鄭芝龍のところへ脱出できた。彼は当然のように明の側に立ったが、父は清側と秘かに利権を餌に取引を始めていて、このため父子に袂を分かつことになる。

これが原因したのか母――翁氏は自害し、芝龍も欺かれて北京に身柄を送られ、一四年後に殺害された。戦乱がすべて順調だった一家を、悲劇の家族としてしまったのだ。

成功は勝ち続けることにより、志願してくる者も増加してゆき、有力な明陣営の将の一人にのし上がった。彼の麾下の部隊には、これまで中国人の軍になかった厳しい軍律を課し、精強さということでは他に比類を見なかった。

永暦一二（一六五八）年に三五歳となった成功は、政治的にも軍事的にも重要な意味を有する、南京の攻略を狙って動き出した。大学入学の準備のため滞在し、地理を知っていたからである。

このとき彼の麾下には、徴募を続けていた日本人五〇〇〇人が、一隊を編成し従軍していた。彼らは仕官先を喪った浪人たちで、実戦経験者が少なかったものの、薙刀——中国人は「斬馬刀」と呼んだ——を奮って戦うことが知られた。そのあたりにシャムの山田長政の日本人部隊と、象がいないだけで一脈相通じるものがあったのだ。

この年の五月（旧暦）に厦門《アモイ》を進発した成功は、浙江の沖合で台風に遭って大きな被害を受けてしまう。なんと三人の子と多数の将兵が溺死した上に、軍船の損傷も多大となった。傷んだ軍船の修理という問題にも直面した。

少年時代から東シナ海の様子を熟知していた成功が、何故に台風シーズンに入って作戦行動を開始したのか、そのあたりも解せなかった。夏の始まる前に上海近辺へ到達しないことには、そうした自然の脅威に直面するのが常識だったのである。

このようなトラブルが生じた場合、大きな作戦はたいてい中止するのが常だ。それは指揮官のツキ——運気がよくないから、というのが理由とされた。しかしながら成功は寧波《ニンポー》を、厦門進発一年目に陥落させた。そこから長江の遡上にとりかかり、鎮江と蕪湖を次々と陥落させてゆく。とりわけ後者の戦場は日本人部隊の一人舞台となった。

南京の攻囲が始まる。ところが成功は一気の攻略を主張する将たちを押さえ、じっくり攻め寄せようと考えた。腰を落ち着けた明軍に対して、清軍は逆襲に出て随所で勝利を収めてゆく。彼の誕生日の七月二三日には、さらに激しい逆襲が企てられ、明軍の有力な将の戦死が相次いだのだ。

攻撃目標を前にして慎重になり、時間との競争を忘れたところに、成功が優れた将として今一つだったことを物語っている。南京の敵の守備兵が浮足立っているときに、すぐさま攻撃をかけるべきだった。いたずらに時間を費やしたツケが巡ってきたのである。

狼狽した成功は、長江からの撤退を決めた。武将たちは改めて一度、本格攻勢をかけるべきと進言したが、彼の決心は変わらなかった。しかも北京に使者を派遣し和睦の打診にと入った。自らの苦境を告白しているようなものであった。

戦争全体にも、個々の戦闘にも、そこには大きな流れが存在する。それに乗るか乗れないかは、時間との競争での勝ち負けが決する、と言っても過言ではない。時機を失したら勝機はもう二度と巡ってこないから、そのあたりを心しておく必要があろう。

●英雄になりそこねた愚将

第一次世界大戦の中東での戦局を一変させ、英雄となれた機会を逃した将軍がいる。トルコのガリポリ半島占領の使命を負った、イアン・ハミルトン中将がその人だった。

英仏連合軍の総司令官に任命された彼は、攻略目標の沖合にある小島に司令部を置くと、何ら命令を発することなくティータイムに入った。上陸部隊もまた斥候隊を出したりせず、海岸への兵員と物資の揚陸を始めたのである。

海岸線から一キロメートルほどのところには、さほどの標高のない丘が続いていた。そこを確保しさらに内陸部へ偵察部隊を派遣する程度のことは、陸軍幼年学校の生徒でもやるだろう。だが、この上陸部隊では誰一人としてそれに気づかなかった。

連合軍上陸の報を受けたこの方面のトルコ軍指揮官――ドイツ人のリーマン・フォン＝ザンデルス元帥は、可及的速やかに内陸部への進出を阻止すべしと判断を下し、優れたトルコ軍司令官――ケマル・アタトゥルク将軍（のちの建国の父）を第5軍団長に任命、急ぎ高地の防備を固めたのだ。

ティータイムを終えたイギリス軍が動きを見せた途端、布陣を終了していたトルコ軍から、猛烈な攻撃が加えられ死傷者続出となり、丘までたどり着けなかった。最初の段階における連合軍の鈍重な動きが、すべてを決してしまったと言えよう。

ハミルトンは一度としてガリポリ半島に上陸しようとせず、何一つ軍司令官の役目を果たさなかった。彼の麾下の連合軍はトルコ軍とほぼ同数の二五万という多大の損害を出した。彼は日露戦争のとき、黒木為楨大将の第1軍の観戦武官である。その期間を通じて黒木がいかなる軍司令官ぶりを示したか、全く学んでいなかったに違いない。

戦闘は高地を制した方が、ほとんどの場合に有利となる。例外として知られるのが、二二八年の街亭の戦いだ。蜀の馬謖は単純に高い方がよかろうと山上に布陣、水不足に陥って敗北してしまう。諸葛孔明は「街亭の市街」に限定し占領を命じたのであった。それ以外は高地を占拠した方が圧倒的に勝つ確率が高いし、ガリポリもまたそうすべきだったと言える。

ここに出てきた孔明も軍師として優れた人物だが、時間との競争という面で勝てなかった。すなわち二三四年の五丈原における対陣で、自らの残り時間が少ないにもかかわらず、いたずらに時間を浪費してしまったのである。この第五次北伐は戦いらしい戦いがないままに、彼の死によって終局を迎えた。

孔明にとっても自らの死期の見当がついていたと思われるから、「時は血なり」という心境だったと思われる。魏の司馬仲達は、情報から敵将が激務に耐えられまいと判断、対陣期間中に一切の挑発に乗らなかった。

日本では二〇一一年の東日本大震災後、民主党の菅直人首相（当時）がやってきた復興対策は、時間との競争という認識の全く見られない、お粗末極まりない愚策中の愚策と言ってよい。被災地の人たちの生活再建に何ら具体策がなく、この原稿を書いている時点で六ヶ月が経過しようとしているのだ。

大震災直後に二〇以上の会議や本部が雨後の筍のごとく設立され、すべてその頂点にさしたる能力があると思えない、菅自体が就任したのだからパロディだった。これこそ時間を浪費した最近では一番適切な例、と断言してよい。

ガリポリの例は、上級指揮官に一人でも「戦術的認識」があるか、下級指揮官に一人でも「戦略的展望」があれば、戦局はガラリと一変してしまったはずである。とりわけ後者のなかで一人——独断専行して偵察行動を開始、丘を確保していたらそれだけで連合軍は簡単に勝てたのだ。

「時は金なり」という言葉は、日本でも古くから広く語られてきた。これはビジネスや一般の社会生活における鉄則である。それが戦場においては「時は血なり」となる。その語ろうとしている真髄が同じなのは言うまでもないのだ。

18、戦略と戦術の違いを身につけよ

●「軍事学」という学問のない国

軍事学という学問がどこの大学にもない不思議な国だから仕方ないが、マスコミで報道に従事する者たちの多くが、この戦略と戦術をきちんと使い分けることができていない。スポーツの試合のなかでの作戦を、「戦略」だと表現する者がいたり、呆れることが極めて多い。

一例を挙げるならノルマンディー上陸作戦は、その規模からも作戦の狙いからも、これはもう「戦略」レベルのものである。作戦全体が戦略と考えてよい。

しかしながら上陸部隊のそれぞれの作戦行動は、かなりの大部隊が動いてもこの段階では「戦術」となってしまう。どのように部隊を動かして戦うか、それはすべて「戦術」レベルなのだ。

また上陸した連合軍が、パリを目指すかバイパスするかとなると、これは「戦略」の範疇に入ってくる。どうパリに突入してゆくかは、ここから「戦術」にとレベルがダウンする。

空軍では、戦略爆撃機と戦術爆撃機との区別がなされるが、前者は大都市や工業地帯という戦略目標を狙い、後者は中型機以下で港湾とか鉄道の破壊を目的としている。歩兵陣地を援護する場合、これは戦術爆撃に入ってしまう。

ベトナム戦争でのケサン攻防戦のとき、グアムからB-52戦略爆撃機が支援の空爆を実施したが、これについては戦略的目的とは言えなかった。この半世紀以上にわたって第一線に就役している優れた戦略爆撃機は、彼我が八〇〇メートル（現在は四〇〇メートル）離れていると爆撃可能なので、こうした地上戦闘の支援にまで投入されたのである。

一般社会での「戦略」とは長期にわたる計画、ということになる。一九二〇年代や三〇年代の社会主義国――ソ連だけだが、その三ヶ年計画とか五ヶ年計画は、ここに加えられてよい。

普通の家庭とか個人の計画だと、やはり二年から五年のあいだの計画だろう。会社などでは一つの商品でなかなか五年間、持ちこたえられなくなってきた。だから五年以上すると陳腐化してしまうのでは、という危険性が出てきている。すなわち戦略的に計画を立案し難い時代にある、と考えてよい。

ナポレオンは自らの言葉で、「二年以上先を考えたことがない」と述べた。フランス革命直後のヨーロッパは、時間が今よりもゆっくりと経過していたが、そこでもう「二年」というのだから、やはり天才の頭脳は違うと感心してしまう。

だが先行きの見えない現在では、この二年という期間がえらく現実味を帯びている。「不安定時代」に生きる者としては、あまり長いサイトで物事を見られないからだ。五年先や一〇年先に安心できる資産などほとんどない。土地神話が崩壊してからは、とりわけそういった印象が強い。

株式投資やFXは「戦術」展開だし、これが金への投資となると「戦略」になってゆく。後者は目減りを防ぐという、消極策であるのはたしかと言えるが——。

●自分より優秀な人間を使いこなせるか

会社組織もまた、上級者の採用は「戦略」で中級以下（新卒など）は「戦術」と考えてよい。ただし組織の規模によって職種によっては、正規採用が「戦略」でパートタイマーが「戦術」、ということもありうる。

私が最近感心させられたのは、ある四〇歳のアパレル関係の経営者のケースだ。これはテレビ番組で紹介されたが、店員をすべて正社員にしているのである。アルバイトは一切使わず、それによってサービス——接客などの質を高めるのが狙い、とのことだった。

これは同時にアルバイトだと出入りが激しくなり、新規の募集経費と教育の手間を考えると、固定した方が遙かに効率がよいからだ。また客は一人の販売員が気に入ると、そこの店のリピーターとなる傾向があり、経営者としても優れた人材の確保は大きなメリットを見出せることになる。

外国ではもし経営者が自分の能力に自信がない場合、頭のよい人間を探してそれを使う、という考え方に徹している。ところが日本ではそうした思考に発展しない。

ときおり過剰に信用して経理全体を任せ、巨額の着服をされる間抜けな経営者がいるが、そのあたりは年に二度――夏と正月に二週間ぐらいの休暇を与え、経理の専門家にチェックさせればよい。

日本の経営者の特徴は、自分が一〇〇点だとすると、大体八〇点ぐらいの人間ばかり集めたがる。この程度の者は残る二〇点をエクスキューズの能力でカバーし、それで生きている人間だと考えてよい。最初から「戦力」たりえないレベルなのである。

ところが一一〇点とか一二〇点の者がいると、今度は経営者から管理職すなわち自分の地位を脅かされそうな人間まで、すべてがその者を敵と見なしスポイルしてしまう。その能力をフルに発揮させ稼いでもらう、という観点に欠如しているのだ。組織にとってポイントゲッターとなる可能性のある素材が、定着できない傾向にあるのを忘れてはならないだろう。

●朝令暮改の選択

日本の薄型テレビメーカーをすべて赤字に追いこんだ韓国の三星（サムスン）あたりは、経営者が一〇〇点の基準とすれば、一二〇点の人材を多数抱えている。彼らは高給を支払われているから、それこそ常時一二〇点の力量を発揮しないと、次の年にもうその地位はない。だから必死に持てる力を発揮しようとする。その結果、幾つもの部門で日本企業を駆逐してしまった。

経営者より高い能力を有する「傭兵」は、求められれば多くの有効な助言ができるし、それがときに経営者を新しい発展へと触発させる。技術者や経営スタッフもまた、トップとの直接対話の機会にハッスルし、そこに相乗効果が生まれるのだ。

高いレベルで刺激を与え合うには、一二〇点の人材を数人で小グループを組ませ、雑談させてみるのも面白い。これがブレーン・ストーミングにと進むと、派生的にとんでもない戦略的アイデアにも結びつくことがある。もちろんこれにはトップが参加していないと、素晴らしい発想が気づかれないまま終わってしまう可能性が大きい。

トップは多くの部下たちのなかから、将来経営陣に入れてよい資質の持ち主を、早い段階で目をつけておく必要がある。視野が広くゼネラリストの発想ができる、ということが第一であろう。

だがたいていの場合、トップは役員会の議決のことを考え、自分に一票を投じる者を優先して選ぶ。本当に能力のある、あるいは会社の発展に貢献した人間が、役員の人選から洩れるのはそういった理由のためだ。

トップの朝令暮改は戦略段階だけに問題がある。ただし戦術段階では兵力の逐次投入――朝令暮改は構わない。このとき「状況がやや変化した」と一言、説明しておけばよい。

私は冒頭の〈まえがき〉に、「なでしこジャパン」について触れた。そこで勝因の一つとして組織的な動き――フォーメーションやパス回しを挙げた。

これは高度成長期に海外へ進出した、日本企業や企業戦士の戦いぶりと、一脈相通ずるものを見出せる。一九六〇年代の後半に、私もその一人として欧米で、あるいは開発途上国において、日本製品の売りこみに頑張ったものであった。

このとき伝統を有し経験を重ねてきた欧米企業は、こちらと比較すると一頭地抜いた、スポーツ選手にたとえるなら巨漢だった。そこで私たち「日本人選手」は、数人で組んで共同プレーで切り崩しを企てたものである。

私は日本がもう一度、この当時の戦い方を思い起こして、フォーメーションとパス回しの戦法を駆使してもらいたいと思う。現在のところそれをさらに大きな規模でやっているのが、通貨「ウォン」の安い韓国と、なりふり構わず、ときに政治が乗り出して食いこむ中国だと見てよい。

●内向き世代が心配だ

一九六〇年代から既に二世代近く経過しようとしているが、日本人の気質が変化してきたように思われる。携帯電話とパーソナルコンピュータ世代――つまり単独行動を好み、連携プレーの嫌いな若者たちの増加だ。もし彼らが海外へ出て単独で外国人と渡り合えるならよいが、海外留学や駐在なども好きではないという。内を向いた人間が多くなっていることに、私など日本の将来に一抹の不安を抱いてしまう。

またリーダーシップをとりたがらない、といった傾向も見えるらしい。どうも上昇志向が希薄なのだから、そのあたりも心配な材料と言えるだろう。

私自身は、若者たちに海外へ目を向けて欲しいと思っている。自分を磨けたのが外国に居住したり旅した経験だし、私の末娘もアメリカ留学からチャンスを得た。彼女は留学先で第三外国語のドイツ語が上手になり、ドイツに渡ってかの地で就職、そこからキャリアを積んでいった。

中学生ぐらいまでは成績も何もかも平凡な娘で、上の二人に較べ資質的にどうかと思っていた。けれど桐蔭学園高校に補欠入学して最下位のクラスからスタートし、三年時には五段階のトップのクラス入りしている。大学三年時の留学でまた飛躍できたのである。現在では小グループのリーダー教育などを得意としているが、彼女自身はゼネラリストとしての勉強に入っており、ときに私と意見を交換したりする。

この場合は最適の時期に海外生活を始めたわけだが、長女は高校時代やはりアメリカに留学したものの、あまり良好な印象をあの国に抱くことなく終わった。本人の向き不向きと留学に出かけたタイミングによるものだろう。

チュニジアの5ディナール紙幣に描かれたハンニバルの肖像（1993年）。

●一人の知恵には限界が存在している

昔から「バカと刃物は使いようで切れる」という言葉が使われてきた。たしかに戦力になりそうもない人材や錆びた刃物でも、使いどころによっては十二分に役に立つ。

カルタゴの英雄――ハンニバル・バルカスは、遠征の途中で仲間入りしたガリア人部隊が弱いと知ると、中央付近に彼らを配置して戦端を開いた。その部分だけ押しまくられても平然と後退させ、いつしか突出したローマ軍を真ん中に包みこんでしまった。現在も軍事先進国の陸軍士官学校で教えられている、ハンニバルの「両翼包囲」である。

それ以外にもハンニバルの戦略――そして戦術展開は素晴らしい。ところが象部隊の使い方については、一気に敵陣へ横隊で突っこむという、単調極まりない戦術しか採らなかった。このため前二〇三年のザマでの戦いは、ローマ軍将兵が象たちの進撃路から身をかわしたので、全く戦果なく終わってしまった。

逆にアジアでは象をそうした使い方でなく、指揮官の戦闘車両――すなわち高さを活かした利用方法で、多大の貢献をさせている。漢代にその圧政に対抗したベトナムの

象の上で指揮する２人の徴夫人（ハイ・バー・チュン）。（ハノイの歴史博物館で撮影）

象を用いた理想的な戦い方を描くアンコール・ワットの石彫。

「二人《ハイ・バー》の徴夫人《チュン》」は、切手などに数多く描かれたが、すべて象の上で指揮する姿ばかりだ。前二世紀頃だからハンニバルと時代が近いが、あの名将より彼女たちの方が合理的に象を活用したことがわかる。アンコール・ワットに今も残るレリーフの戦いの図にも、やはり前線での象の活躍が描かれているが、全く似た使われ方であった。

のち一七世紀にシャムで活躍する山田長政も、象については戦車でなく戦闘指揮車両として用いた。やはり名将ハンニバルより、象の特性を熟知していたのだ。

こうして考えてみると、ベトナムなど東南アジア人の象使いが一人、ハンニバルの陣営に従軍していたら、世界史が変わっていたかもしれない。大隊規模の指揮官が最前線のやや後方から全体の戦況を見渡し、象の援護と伝令を兼務する兵に命令を伝え、それによって中隊や小隊規模の部隊が動く、という指揮系統が確立されたはずであった。

だからすべてに精通した人間はいないわけで、それぞれ得意の分野を持つ者——幕僚が参集して知恵を出し合う、という方式が望ましい。それが機能した総司令部や軍司令部が、過去の戦いでも勝利をものにしてきている。一人の知恵には限界が存在しているのである。「スローライフ」なる言葉が登場し、マスコミなどで結構もてはやされている。ところがこれはリタイアした人間ならともかく、中壮年でその考えに同調したら、そこで「ドロップアウト」したことになる。やはり人間として自分の能力が必要とされている限り、戦略と戦術を駆使し、第一線で戦い続けたいものである。

〔著者略歴〕　**柘植久慶**（つげ・ひさよし）
1942年（昭和17）、愛知県生まれ。大学在学中より、世界各国を訪れ、軍事的経験を積む。コンゴ動乱、アルジェリア戦争、ベトナム戦争を戦う。古希を迎えるが、2.5キロの鉄棒を振り回し、100メートルを13秒台後半で走る。
著作に、『サバイバル・バイブル』（集英社文庫）、『常勝将軍　立見尚文』（PHP文芸文庫）などがあり、270冊を越える。

紙一重が人生の勝敗を分ける

2012年2月20日　初版印刷
2012年2月28日　初版発行

著　者　柘植久慶
発行者　松林孝至
発行所　株式会社　東京堂出版
〒101-0051　東京都千代田区神田神保町1-17
電話　03-3233-3741
振替　00130-7-270

印刷・製本　亜細亜印刷株式会社

ISBN978-4-490-20763-7　C0095　Printed in Japan.